Leichenschänder

jürgen
benvenuti

leichen-
schänder

kriminalroman

Deuticke

Die Ermittlungsmethoden der Polizei, die Vorgänge im Waisenhaus und die Praktiken der Tageszeitung sind frei erfunden. Wirklich!

J. »The Tattoo Demon« B.

Des san kane Einbrecher, des san Hundehasser!
Kronen Zeitung, 7. 3. 95

ERSTES KAPITEL

Acht Uhr morgens, und die Kälte knallte mir ins Gesicht wie ein Faustschlag. Ich schoß vom Bett hoch und brachte den lärmenden Wecker mit einer ungestümen Handbewegung dazu, meine restlichen Nerven noch ein Weilchen leben zu lassen; ich würde sie heute noch verdammt nötig haben. Daß dieser verfluchte Importdreck von einem Wecker auch nicht ein einziges Mal zur eingestellten Zeit losheulen konnte! So wie es aussah, würde ich diese Woche zum dritten Mal zu spät kommen; hintereinander.

Mit klappernden Zähnen schloß ich das Fenster, das ich in der Nacht in einem Anfall von Frischluftdrang geöffnet und später zu schließen vergessen hatte, weil ich eingeschlafen war. Ich wollte eben das stinkende Heizöl in den Ofen einlaufen lassen, als ich zu meiner Freude feststellte, daß der Boden des Ofens mindestens fünf Zentimeter hoch mit diesem penetrant riechenden, hellrosa Fusel bedeckt war. Ich hatte heute nacht nicht nur vergessen, das Fenster zu schließen, sondern zu allem Überfluß auch noch Öl einlaufen lassen, ohne nachher den Ofen anzuzünden. Das hieß erstens, ein verdammt kalter Morgen, und zweitens, rußige Hände, da ich das Öl mit einer Konservendose herausschöpfen mußte, wollte ich eine Explosion des Ofens verhindern. Ein Tagesanfang ganz nach meinem Geschmack!

Ich schlüpfte in meinen alten schlabberigen Morgenmantel, der ungefähr so löchrig war wie ein zwanzig Jahre altes Netz eines griechischen Fischers, und rief mit heiserer Stimme in der Redaktion an. Sicherheitshalber hielt ich den Hörer zehn Zentimeter von meinem Ohr weg; ich wollte keinen Trommelfellriß riskieren. Mein Boß, Herr Huber, legte wie üblich dem gesamten Redaktionspersonal dar, über welch stimmkräftiges Organ er verfügte, und riet mir, in einer halben Stunde in seinem Büro aufzutauchen, andernfalls würde er meinen Arsch über einem Maronibrater rösten. Medium. Seine Standpauken waren auch schon mal orgineller gewesen.

Ich beschloß, das mit dem Ofen irgendwann später zu regeln, sprang kurz unter die Dusche, suchte meine Klamotten zwischen den herumliegenden Bier- und Weinflaschen zusammen, befreite sie so gut es in der Schnelle ging von den unzähligen Ascherückständen der am Vortag gerauchten Zigaretten und schaute mich nach meiner Kamera um.

Mein Gott, war das eine Nacht gewesen! Ich war zufällig in die *Blue Box* geraten, nur Gott, der Teufel und mein Psychoanalytiker wissen wieso, und hielt mich nicht gerade lange mit Alibi-Bieren auf, bevor ich auf Tequila umstieg. Neben mir an der Bar standen zwei Typen, die sich eine halbe Stunde lang inbrünstig über ihre eingerissenen Uhrenbänder unterhielten und dem ganzen den Hauch einer wissenschaftlichen Abhandlung verliehen. Ich drehte den zwei Schnullis den Rücken zu und beobachtete fasziniert das Treiben im hinteren Teil des düsteren Lokals. Drei Typen hopsten auf einer improvisierten Bühne herum, während man aus wattstarken Boxen mit einem Song, dessen ganzer Text aus einem hingestöhnten *Fuck me, baby!* zu bestehen schien, kräftig beschallt wurde. Das war ja an und für sich nichts Ungewöhnliches, bis auf die Tatsache, daß die drei Typen verkleidet waren, nämlich als Torte, Paket und Hamster, und in ihren Kostümen wahrscheinlich mehr schwitzten als die Teilnehmer von drei Saunasexorgien zusammen. Als mich der Kellner, der überteuerte französische Zigaretten und mit Käse überbackene und mit allerlei Schnickschnack garnierte Baguettes in der Gegend verteilte, zum fünften Mal innerhalb von zwei Minuten anrempelte, zog ich mich ans äußerste Ende der Bar, direkt neben das Klo, zurück.

Irgendwann mal stand dieses Mädchen neben mir am Tresen, eingekeilt zwischen mir und dem einen der beiden Schnullis, und blies mir Zigarrenrauch ins Gesicht, ohne Scheiß! Sie hustete sich zwar alle drei Sekunden die halbe Lunge aus ihrem hübschen Leib, wollte das qualmende Ding aber ums Verrecken nicht ausmachen. Ungefähr eine viertel Flasche Tequila später hatte ich zwei reizende dünne, weiße Unterarme auf meinen Schultern und kurz darauf eine schlabbrige Zunge in meinem Gaumen. Ich gebe zu, ich habe mich ungefähr soviel gewehrt, wie ich mich bei einem Kampf gegen Mike Tyson wehren würde.

Gegen drei Uhr morgens landeten wir schließlich in meiner Bude, wo wir ziemlich direkt in den Nahkampf übergingen. Sie nannte sich Ruby oder so ähnlich, trank mit mir einen knappen Liter Wein und den Rest der Whiskeyflasche von meinem letzten Geburtstag und erzählte mir schließlich, daß sie in Wirklichkeit Maria Pichelsteiner hieß. Ich muß gestehen, im grellen Licht meiner Nachttischlampe sah sie auch genau so aus. Ein kleiner Provinztrampel, der sich in schwarze, von teuren Designern mit klingenden Namen auf nobel-dekadent gestylte Klamotten hüllte und der versuchte, seinen Bauerndialekt so gut es ging zu kaschieren. Fast konnte ich noch die Kuhscheiße an ihren filigranen und unbequem aussehenden Stiefeletten kleben sehen. Sie gehörte zu der Sorte neurotischer Mittelstands-Tussis, die, wenn sie nicht in jedem dritten Satz den Namen eines ukrainischen Lyrikers, griechischen Bildhauers oder japanischen Philosophen unterbringen können, in eine tiefe Sinnkrise stürzen, aus der sie sich in der Regel durch eine dreiwöchige MTV-Kur, unterstützt durch unzählige »Vogue«- und »Cosmopolitan«-Hefte, wieder herausretten.

Ich schlabberte also ein bißchen an ihrer kaum behaarten Möse herum, steckte ihr einen Finger in den Arsch und hörte mir nach unseren beiderseitigen Orgasmen noch ein bißchen ihr Geschwätz über ihre ach so aufregenden Kunstgeschichteseminare an, bevor sie endlich einschlief.

Kurz vor fünf, nach nicht einmal zwei Stunden unruhigen Schlafes, stahl sie sich dann aus meinem Bett und wahrscheinlich auch aus meinem Leben. Sie ließ zwar einen gammligen Zettel mit ihrer Telefonnummer auf dem Nachttischkästchen zurück, aber wir wußten wohl beide, daß ich nicht anrufen würde; sie kannte das Spiel ebenso gut wie ich. Ich machte mir nicht einmal die Mühe, die Nummer zu überprüfen, indem ich bei Ruby oder wie auch immer anrief. Was soll's.

Während ich mir mit meinem Elektrorasierer, dessen Akku beinahe leer war, die Bartstoppeln aus dem Gesicht schabte, wühlte ich mit der anderen Hand in meinem Fotokoffer herum, um das Weitwinkelobjektiv zu finden. Heute war ein wichtiger Tag, und Huber war uns schon vor drei Wochen damit auf den Geist gegangen, daß am dritten Februar alle verfügbaren Fotografen der Zeitung (was genau zwei waren) alle anderen Aufträge sofort verschieben müßten, weil eine ganz heiße Sache im Busch sei.

Diese heiße Sache war irgendein vertrottelter und schon x-fach geliftteter Schauspieler, Star zahlreicher Fernsehfilme und mehr oder minder erfolgreicher Kinoproduktionen, der gegen halb zehn zur Eröffnung eines Möbelmarktes erwartet wurde. Und was ein richtiges Boulevardblatt war, würde natürlich eine Woche lang von diesem gesellschaftspolitischen Topereignis leben können; Huber wahrscheinlich sogar einen ganzen Monat.

Ich packte meinen Kram in eine Sporttasche, schlug die Tür hinter mir zu und hetzte zur U-Bahn. Auf eine Plakatwand, die mittels ziemlich viel nackten Frauenfleisches Werbung für kalorienreduziertes Bier machte, hatte jemand WIR KRIEGEN EUCH, IHR VERGEWALTIGER! gesprüht. In den Kringel, der den Punkt des Rufezeichens markierte, hatte ein Witzbold mit reichlichem Vorrat an schlechtem Geschmack das Wort TUSSI gemalt. Ich möchte nicht dabeisein, wenn sich die beiden Verfasser solch geistreicher Sprüche mal direkt begegnen.

Auf der Rolltreppe, die zur U-Bahn hinunterführte, stand eine alte Frau vor mir, die eifrig ihre »Kronen Zeitung« studierte und dabei ständig maschinengewehrartige Bazillensalven in die Umgebung hustete. Plötzlich wurde ich zur Seite geschoben und landete auf der Oma, die einen so direkten Annäherungsversuch natürlich nicht erwartet hatte und sich auf dem Hintern sitzend wiederfand. Der Typ, dem sie diese ungewollte Sitzgelegenheit verdankte, murmelte so etwas wie »Wenn du schlafen willst, geh ins Bett!« und hastete weiter zielstrebig nach unten. Ich wollte der alten Frau wieder auf die Beine helfen, aber als Dank knallte sie mir ihren braungelben Regenschirm gegen das Knie und rief etwas von Sittenpolizei. Wirklich, besser konnte mein Tag gar nicht beginnen. Es gab jedenfalls nichts, was noch schiefgehen konnte; na ja, fast nichts. Wenn es um das Produzieren von Unannehmlichkeiten ging, durfte man Huber ruhig an die erste Stelle der ewigen Bestenliste setzen. Mit viel Abstand zur Nummer zwei.

Ich stand also da unten auf diesem zugigen Bahnsteig und wartete auf die U3. Laut Fahrplan hätte sie schon vor zwei Minuten hier sein müssen, aber die Fahrpläne des VOR waren ungefähr so präzis wie die hysterischen Weltuntergangsprophezeihungen der Zeugen Jehovas. Mein Arsch hatte beinahe die Temperatur einer tiefgekühlten Frühlingsrolle erreicht, als der Zug endlich kam. Ich stieg ein und suchte mir einen Platz ganz hinten in der Ecke. Da war die Gefahr, von mit Einkaufstaschen vollgepackten Hausfrauen, die sich im zweiten Lebensabschnitt befanden, eingekeilt zu werden, am geringsten.

Ein schäbig gekleideter Mann setzte sich mir gegenüber, breitete ein »täglich Alles« auf seinem Schoß aus und entschlüsselte mit Hilfe eines kleinen Fremdwörterlexikons, das er mit der Linken hielt, diese hochintellektuelle Lektüre. Die tiefen Denkfalten auf seiner Stirn sahen aus wie eingemeißelt. Der Philosoph verließ mich am Westbahnhof mit konfusem Gesichtsausdruck. War ja aber wirklich harte Kost, so früh am Morgen. An seine Stelle trat ein ungefähr fünfzehnjähriger Typ, dessen Klamotten aussahen, als wären sie von sämtlichen MTV-Stars geklaut worden.

Namen von Bands buhlten mit splattrigen Grafiken und kurzen Sinnsprüchen für einen moralischen Lebenswandel um Platz auf dem schwarzen Kapuzenshirt. Sein Walkman war so laut aufgedreht, daß ich das Zerbröseln seiner Gehörgänge geradezu sehen konnte. Seinem Gesichtsausdruck nach zu schließen hatte es auch schon eine ganze Menge Gehirnzellen erwischt. Er fischte einen *Metal Hammer* aus seinem Armyrucksack und studierte voller Inbrunst eine Fotoreportage über *Slayer*, die vor kurzem wieder im geförderten *Bank Austria*-Zelt gewütet hatten. So sah das Kanonenfutter der Werbeindustrie heutzutage aus; bis zwölf erzählte man ihnen, sie müßten brav sein und sich anständig kleiden, mit vierzehn legte man ihnen nahe, aus dieser Konvention auszubrechen und in die nächste einzutauchen, samt allem Zubehör, wie zerrissene Jeans, teure Basketballschuhe, Ohren- und Nasenringe, mit sechzehn drehte man ihnen ein Jugendkonto an, mit Bankomatkarte natürlich, und von da an waren sie in fester Hand. Ihr Eßverhalten, ihre Kleidung, ihr Musik- und Kinogeschmack wurden genauso gesteuert wie ihre Lebenseinstellung und ihre Berufswünsche. Man machte ihnen mit Hilfe von Arbeitslosenstatistiken Angst und brachte sie so mühelos in eine fast ausschließlich von Geld bestimmte Richtung: Sie investierten viel Geld in ihre Ausbildung, um damit dann ans große Geld zu kommen. Die Nasenringe wurden von diamantbesetzten Solitären abgelöst, und die vergammelte Kleidung machte zwangloslegeren Armani-Anzügen Platz. Die Strategie war wieder einmal aufgegangen. Zum Glück merkten diese Idioten meist gar nichts davon. Es würde sie wohl direkt zu Amokläufern machen.

Am Stephansplatz stieg ich aus und bahnte mir den Weg durch Trauben schwarzbeanzugter Managertypen, die ungefähr so individuell wirkten wie eine Kolonie von Hefezellen (und ähnlich intelligent). Ich warf einen kurzen Blick auf meine Uhr; fünf vor halb neun. Mit ein bißchen Glück konnte ich meinen Arsch einer Röstung entziehen. Medium.

Ich bog in den Graben ein und steuerte auf die Nummer dreizehn zu; eine Hausnummer, die haargenau zu dem Schuppen paßte, den sie beinhaltete. »Voll Dran!«, das Boulevardmagazin der untersten Kategorie, Heimat abgetakelter Schmierfinken, drittklassiger Grafiker und viertklassiger Fotografen. Mein Brötchengeber. Mein Nervenräuber. Meine Bestimmung, wie es schien. Dabei konnte ich noch von Glück reden, daß ich es überhaupt bis hierher geschafft hatte.

Als meine Eltern bei einem nicht sonderlich originellen Autounfall den Weg in himmlische Gefilde (so drückte es der Pfarrer bei der Grabrede aus, der alte Schwätzer) oder, sehr viel wahrscheinlicher, den Weg in die tiefste und schwärzeste Hölle genommen hatten, stand ich plötzlich von einem Tag auf den anderen ohne einen einzigen Verwandten da.

Ich war knapp zehn Jahre alt, und die logische Konsequenz hieß Kinderheim, dessen logische Weiterentwicklung eine Eingliederungsanstalt für schwererziehbare Kinder, oder, auf gut Deutsch, ein Waisenhaus, war.

Wer wie ich seit frühester Kindheit mit ansah, wie sich erwachsene Menschen gegenseitig Bierflaschen auf die Schädel schlugen und sich anschließend blut- und tränenüberströmt wieder um den Hals fielen, konnte mit fixen Essens-, Schlafens- und Lernzeiten nicht viel anfangen; von den alten Nonnenschachteln mit ihren furchteinflößenden Rosenkränzen, ihren grobstoffigen grauen Kutten, die einen muffigen Geruch ausströmten, und ihren kindischen und penetranten Gebeten für alles und jeden ganz zu schweigen. Gott war eine Lüge, und nur schwache Menschen klammerten sich an ihn; das war mir schon sehr früh bewußt. Wenn du ein Problem hast, lös es selbst und scheiß auf die Regeln; du hast sie nicht gemacht.

Wie wahrscheinlich überall sonst, herrschte auch in dieser Anstalt eine unumstößliche Hackordnung, von den sadistischen Erziehern und Nonnen angefangen bis hin zu den Herrschern der einzelnen Schlafsäle. Wir schliefen in riesigen Räumen, in denen zwanzig Stockbetten standen, und in jedem Schlafsaal gab es einen Typen, der sich in der Regel durch viel Muskeln und wenig Hirn auszeichnete. Mit Hilfe von zwei oder drei Verbündeten terrorisierte er die restlichen siebenunddreißig oder achtunddreißig Insassen und nahm ihnen das Taschengeld, Freßpakete und Kleidungsstücke ab. Wer nicht parierte, wurde vor versammelter Mannschaft verdroschen und gab in Zukunft alles Geforderte ohne Widerrede ab. Zwei oder drei Abreibungen coram publico, und der Rest der Meute trennte sich lieber regelmäßig von seinen verwandtschaftlichen Gunstbezeugungen in Form von Würsten, Zigaretten (für die älteren) und Süßigkeiten als von seinen Zähnen. Da ich wie gesagt keine Verwandten mehr hatte, blieb ich lange Zeit von solch demütigenden und schmerzhaften Ritualen verschont, was mir bei meiner mickrigen Statur nur recht war. Ich hatte keine Freunde und mußte deshalb auch niemandem beistehen, wenn es wieder mal Schläge hagelte.

Eines Tages wurde der Junge, der unter mir im Stockbett schlief, in eine andere Anstalt verlegt und schenkte mir seinen Radiorekorder, da er von seiner Tante einen neuen bekommen hatte. Ich konnte es zuerst nicht ganz glauben, dachte instinktiv an eine Falle oder an Verarschung, doch nachdem der andere Junge abgeholt worden war und ich das Radio immer noch in Händen hielt, wurde mir plötzlich klar, daß ich die ganze Zeit über einen Freund gehabt und es nur nicht gewußt hatte.

Damals war ich vierzehn Jahre alt, und dieser Radiorekorder wurde bald mein ganzer Stolz; zum ersten Mal in meinem Leben besaß ich etwas, das mir ganz allein gehörte, das ich nicht teilen mußte und mir niemand mehr wegnehmen konnte. Das Radio wurde für mich zur Kompensation von allen anderen Dingen, die mir fehlten; Zuneigung, Anerkennung und Liebe. Es bekam symbolhaften Charakter.

Dann, knapp drei Wochen später, stand plötzlich Walze vor meinem Bett, flankiert von seinen beiden Helfern, und verlangte mein Radio. Walze war zwei Jahre älter als die meisten anderen von uns und wog mindestens hundert Kilo. Er hatte das Gehirn einer Brieftaube und empfand ungefähr soviel wie ein Pflasterstein. Seine Eltern hatten ihn von Geburt an mißhandelt, und diese Rolle spielte er nun perfekt weiter.

Als ich mich weigerte, das Radio herauszurücken, packten mich die beiden anderen Arschlöcher und wollten mich in den Waschraum schleppen, wo man die Schreie nicht bis zum Aufenthaltsraum der Erzieher hören würde. Ich zappelte, schrie und tobte und krallte mich schließlich mit der linken Hand am Türrahmen fest. Ich würde diesen verdammten Rahmen nicht mehr loslassen, selbst wenn sie mir die Hand abhackten! In panischer Angst und Verzweiflung bekommt man bekanntlich ungeahnte Kräfte, und die beiden Nieten schafften es nicht, mich vom Türrahmen loszureißen. Daraufhin wurde Walze zuerst rot im Gesicht und dann blaß, bevor er die schwere Stahltür mit einem gewaltigen Tritt seines Stiefels auf meine Finger krachen ließ. Ich hörte ein helles Knakken, spürte einen scharfen Schmerz, der höllischer war als alles, was ich bis dahin erlitten hatte, und wurde dann ohnmächtig.

Einige Zeit später, ich weiß nicht mehr wie lange, fand ich mich auf der Krankenstation wieder und sah, daß mein linker Arm bis zum Ellbogengelenk dick mit Verband bedeckt war. Ich fühlte mich schwammig und konturlos, was ich auf schmerzstillende Drogen zurückführte. Im Laufe des Nachmittags kam der Arzt vorbei und zeigte mir bereits mit seinem sorgenvollen Gesichtsausdruck, daß etwas Schlimmes passiert war. Nachdem er ein Weilchen um den heißen Brei herumgeredet hatte, teilte er mir schließlich mit, daß man mir die ersten beiden Glieder meines linken kleinen Fingers hatte abnehmen müssen. Die schwere Stahltür hatte die Knochen dermaßen zerquetscht, daß nichts anderes mehr zu machen gewesen war.

Ich bekam kurz eine Art Schock, doch die Drogen verhinderten eine zu starke emotionale Regung. Die Information wurde fast direkt ins Hirn geleitet und dort analysiert. Gut, ich hatte eine verkrüppelte linke Hand, zumindest teilweise, aber die Wunde würde abheilen und mit der Zeit würde ich mich daran gewöhnen. Zeit, das war alles, was ich jetzt brauchte. Zeit und Ruhe.

Der Arzt wollte natürlich wissen, wie das passieren konnte, und ich schilderte ihm irgendeinen vagen Unfallhergang, erwähnte jedoch mit keinem Wort, daß irgendwelche anderen Personen daran beteiligt gewesen waren. Diese Sache würde ich ganz allein klären. Scheiß auf die Regeln, du hast sie nicht gemacht!

Da ich drei Wochen strikteste Bettruhe verordnet bekommen hatte, deren Einhaltung auch peinlich genau kontrolliert wurde, und ich nichts und niemanden hatte, mit dem ich mich beschäftigen konnte, mußte ich wohl oder übel zu Büchern greifen, wollte ich nicht in absoluter und tödlicher Langeweile ersticken. Die Anstalt verfügte über eine riesige Bibliothek, die zum größten Teil mit alten, verstaubten, schweren Wälzern vollgestopft war. Mich hatte es nur ein einziges Mal nach unten in den Keller verschlagen, und der muffige, abgestandene Geruch, den die langen, spärlich beleuchteten Regale ausgeströmt hatten, hatte mir fast auf Anhieb jegliche Lust auf bibliophile Freuden geraubt. Ich hatte ein paar der Bücher herausgezerrt, den Staub von ihren Rücken geblasen und ein bißchen darin herumgeblättert. Kein einziges Exemplar schien nach neunzehnhundertsiebzig erschienen zu sein; es hatte den Anschein, als hätte der Direktor, oder wer immer die Bibliotheksbücher auswählte, beschlossen, daß die Literatur mit dem Jahr Siebzig aufhörte zu existieren.

Als ich aber so ans Bett gefesselt war, mit einer höllisch schmerzenden linken Hand, raffte ich mich irgendwann auf und ließ mir von einem mürrischen Pfleger ein paar Bücher raufbringen; die Auswahl überließ ich notgedrungen ihm, da ich außer Superman-Comics keinerlei Erfahrungen mit dem geschriebenen Wort hatte, außer dem Scheiß natürlich, den man uns im Unterricht vorsetzte und der so gestelzt klang, als hätte sich der Schreiberling den Arm und ein paar Gehirnwindungen gebrochen, während er seine geistigen Ergüsse zu Papier gebracht hatte.

Bruno, der mürrische Pfleger, knallte mir einen Stapel Bücher auf den Bauch und wünschte mir viel Vergnügen. Ich überflog den Stoß, es waren insgesamt fünf Bücher, warf zwei davon gleich auf den Boden und begutachtete die restlichen drei. Marcel Proust, Raymond Chandler und Henry Miller. Mit den Namen konnte ich, bis auf eine Ausnahme, nichts anfangen. Chandler schrieb Kriminalromane, soviel wußte ich. Ein anderes Buch erregte jedoch meine Aufmerksamkeit, vor allem wegen des Fotos auf der Vorderseite: *In Swanns Welt* von Proust. Der Knabe sah derart blaß und verweichlicht aus, daß ich erst gar nicht nachschauen mußte, wann das Buch erschienen war, um zu wissen, daß der Typ schon längst unter der Erde lag; wer mit so wehmütigen Augen in die Welt blickte, konnte nicht allzu lange leben.

Das Buch selbst bedeutete eine ziemliche Qual für mich. Der blasse Jüngling schien nämlich nichts dabei zu finden, die ersten fünfzig engbedruckten Seiten damit zu füllen, seine Seelenzustände und Gemütsregungen in Hinblick darauf, ob seine Mutter nun noch heraufkommen und ihm einen Gutenachtkuß geben würde oder nicht, zu schildern. Kein Wunder, daß die Mutter nicht hochkommen wollte, so ein Neurotiker kurz vor dem Schlafengehen konnte einem ja nur Alpträume bescheren.

Nach ungefähr zwei Monaten war die Wunde soweit verheilt, daß ich meine linke Hand wieder halbwegs normal gebrauchen konnte. Walze und seine beiden Arschkriecher hatten mich oft besucht und mich mit Beschwörungen, Drohungen und Geschenken abzuhalten versucht, irgend jemandem von dieser Sache zu erzählen. Diese Art von Verletzungen war selbst für Walze und seine Kumpanen eine Nummer zu groß. Ich grinste die drei jedesmal mild lächelnd an und versicherte ihnen, daß von mir keiner auch nur ein Sterbenswörtchen erfahren würde.

Als ich wieder zurück in meinem alten Bett war, mieden mich die anderen Insassen und tauschten hinter meinem Rücken verstohlene Blicke. Ich war eine Art Held und Märtyrer geworden, wenngleich die meisten von ihnen nicht einmal wußten, wie man dieses Wort schrieb, geschweige denn, was es bedeutete. Aber ich achtete nicht weiter darauf, ich wartete auf meine Chance.

Dann, ungefähr drei Monate nach dem Vorfall, war es soweit. Walze hatte Stubendienst und kehrte mit einem fast borstenlosen Besen den Schlafsaal aus. Ich holte das massive Stuhlbein, das ich schon vor Wochen aus der Tischlerei gestohlen hatte, unter meinem Kopfkissen hervor und ging zu Walze hinüber. Ich tippte ihm auf die Schulter, er drehte sich um, und ich knallte ihm das Stuhlbein so fest ich konnte ins Gesicht. Ich hörte es knacken und splittern, als die Kieferknochen, das Joch- und Nasenbein brachen. Fast sofort danach quoll ein Schwall Blut aus seinem Gesicht, und Walze sackte stöhnend und taumelnd zu Boden. Ich ging zum Waschbecken, reinigte das Stuhlbein, rannte runter in die Tischlerei und warf es in den Häcksler. Dann ging ich in den Aufenthaltsraum und spielte gegen meine Gewohnheit rund zwei Stunden lang irgendein idiotisches Kartenspiel mit vier anderen Typen. Walze wurde nach einer knappen halben Stunde gefunden, sofort in eine auswärtige Intensivstation gebracht und dort operiert. Natürlich gab es wochenlang Untersuchungen, und der Direktor machte keinen Hehl daraus, daß er mich für den Täter hielt, aber ich hatte ein perfektes Alibi, und niemand konnte mir etwas nachweisen. Walze blieb rund ein halbes Jahr auf der Intensivstation und wurde von dort direkt in eine andere Anstalt überwiesen. Scheiß auf die Regeln, du hast sie nicht gemacht!

In diesem Jahr begann ich eine Lehre als Fotograf. In der Anstalt gab es verschiedene Berufe zur Auswahl, aber mit meiner verstümmelten linken Hand schieden die meisten handwerklichen schon von vornherein aus. Ich hatte auch nicht vor, den Rest meines Lebens in einem stickigen Büro zu verbringen und die Einnahmen der großen Bosse zu addieren, die mir ihre Großzügigkeit damit bewiesen, daß sie mir zu Weihnachten eine Flasche billigen Weines schenkten; ich kannte das noch gut genug von meiner Mutter. Jedes Jahr sollte endgültig das letzte sein, dann würde sie endlich leben. So ging das rund zehn Jahre dahin, bis auch dieser Traum zusammen mit ihrem abgearbeiteten Körper und ihrem Mann um einen Baum gewickelt wurde.

Als ich zwanzig geworden war, wurde mir zwar sanft, aber unmißverständlich klargemacht, daß meine Zeit im Heim nun abgelaufen war. Wir waren ständig überfüllt, und jedes neues Bett wurde dringend benötigt. Da ich ja jetzt einen Beruf hatte, würde ich es schon schaffen, wenn ich mich nur genug anstrengte, sagte man mir.

Was ich dann auch tat. Mich anstrengen, meine ich. Ich klapperte sämtliche Fotografen, Fotogeschäfte, Zeitschriften, Zeitungen, Kataloghersteller und Werbeheinis ab, ohne den geringsten Erfolg. Es war das alte Spiel: ohne Erfahrung kein Job, ohne Job keine Erfahrung. Da war nichts, absolut gar nichts zu machen. Jedenfalls nicht in dieser Richtung. Also beschloß ich, mich vorerst auf die Erfahrung zu verlegen und den Job noch warten zu lassen. Das größte Problem dabei war, daß ich so gut wie keine Ausrüstung hatte, wenn man mal von einer uralten Spiegelreflexkamera absah, die mir einer der Erzieher geschenkt hatte, bevor ich das Heim verließ. Sie taugte eigentlich nur noch als Requisite für das Schaufenster eines Fotografen oder als schlechter Witz.

Ungefähr zu der Zeit lernte ich Rübe kennen. Rübe hatte feuerrotes Haar und auch Feuer im Arsch. Er hielt es keine zehn Minuten aus, ruhig zu sein, mußte immer irgendetwas unternehmen oder es zumindest planen. Eines Nachts, nach etlichen Bieren über dem Limit, vertraute er mir an, womit er sein Geld verdiente, ein Thema, das er bis dahin immer hartnäckig gemieden hatte. Ich hatte natürlich sofort an Drogen oder Diebstahl oder Hehlerei gedacht, und es war mir egal gewesen. Wie sich herausstellte, lag ich ziemlich richtig mit meinen Vermutungen. Rübe brachte gestohlene Autos über die Grenze nach Ungarn. Das Risiko hielt sich offensichtlich in Grenzen, denn Rübe klaute weder die Autos, noch verscherbelte er sie wieder, er war nur der Fahrer. Mit der Karre hin, mit dem Zug zurück. Zwei Tage Arbeit, zehntausend Schilling. Netter Stundenlohn.

Laut Rübe wäre es kein Problem, mich ebenfalls als

Fahrer aufzustellen. Zur Zeit wurden so viele Autos gebraucht, daß die Typen mit dem Klauen und dem Rüberfahren kaum nachkamen, und man war froh über jeden Mann mehr. Natürlich hatte ich Bedenken. Meine einzigen kriminellen Aktivitäten waren bisher kleinere Filmdiebstähle in Kaufhäusern gewesen, aber ich brauchte das Geld. Mir schwebte eine Canon EOS 5 mit diversen Objektiven, einem stabilen Stativ, einem Speedlite 400 Blitz und verschiedenen anderen nützlichen Kleinigkeiten vor. Selbst wenn ich das alles gebraucht kaufte, würde ich noch knappe zwanzig Riesen hinblättern müssen.

Die erste Fahrt erwies sich als harte Belastungsprobe für meine Nerven und meinen Magen. Obwohl mir Rübe mindestens hundertmal versichert hatte, daß absolut nichts schiefgehen könne, da sämtliche Papiere in Ordnung wären, wischte ich mir alle zwanzig Sekunden imaginären Schweiß von der Stirn und nannte mich einen verfluchten Idioten. Ich sah mich schon in einer engen, feuchten Gefängniszelle sitzen, die nur durch eine unverkleidete Glühbirne erhellt wurde.

Wie sich herausstellte, war meine Aufregung völlig übertrieben gewesen. Ich fuhr mit einer halben Stunde Vorsprung vor Rübe an die Grenze, zeigte kurz meinen Paß und wurde durchgewunken. Einfach so, ohne die geringsten Probleme. Ich wartete wie vereinbart in einem nahegelegenen Tankstellenrestaurant, paffte unzählige Zigaretten und schaute jede Minute auf die Uhr. Rübe kam nach knapp fünfunddreißig Minuten, mit einem breiten Grinsen im Gesicht, und bestellte uns beiden erst mal ein Bier und einen doppelten Schnaps. Dann ging er zur Theke und übergab dem

Wirt die Autoschlüssel und die Fahrzeugpapiere und nahm dafür einen gewöhnlichen braunen Umschlag in Empfang. Wieder grinste er mich an und gab mir mit dem Daumen das Okay-Zeichen.

Der Rest war ein Kinderspiel. Wir übernachteten im Gästezimmer des Wirts und fuhren am nächsten Abend zum Bahnhof. Im Zug machten wir da weiter, wo wir am Vortag aufgehört hatten, nämlich mit Schnaps. Als wir in Wien ankamen, mußten wir uns gegenseitig stützen, um nicht auf den Bahnsteig zu fallen.

In meiner Wohnung besah ich mir dann das Geld. Fünfhundert arg zerknitterte Dollar, die halbe Ausrüstung. In einer Woche sollte das Ganze noch mal ablaufen; zum letzten Mal für mich. Ich wollte kein unnötiges Risiko eingehen. Ich brauchte zwanzig Riesen, die würde ich mir verdienen, dann war Schluß.

Als ich Rübe diesen Entschluß mitteilte, lachte er mich zwar aus und nannte mich einen Dummkopf, wenn ich wegen ein bißchen Angst auf so leicht verdientes Geld verzichtete, akzeptierte dann aber meine Meinung, und wir redeten nicht mehr darüber. Daß Rübe weitermachen würde, war mir ohnehin klar. Er hatte ja auch sonst kein anderes Ziel.

Wieder fuhr ich voraus und wartete wie beim ersten Mal beim Tankstellenrestaurant. Nach einer dreiviertel Stunde begann ich unruhig zu werden, und nach einer Stunde und zehn Minuten machte ich mir ernsthafte Sorgen. Ich konnte natürlich nicht einfach zur Grenze fahren und nachschauen, ob man Rübe geschnappt hatte, also ging ich drei Stunden später ins Bett, Rübes und meinen Anteil unter dem Kopfpolster.

Am nächsten Morgen weckte mich der Wirt und erklärte mir in holprigem Deutsch, daß Rübe geschnappt worden war. Dieser Idiot war so geil auf das Geld gewesen, daß er einen Mercedes ohne Wagenpapiere über die Genze bringen wollte. Nun sah Rübe ja wahrlich nicht aus, als könnte er sich so ein Auto leisten, und die Zöllner kassierten ihn samt dem Wagen, der dann schnell auf irgendeiner Liste mit gestohlenen Autos auftauchte. Das war's dann für Rübe.

Ich blieb sicherheitshalber noch ein paar Tage in Ungarn, weil ich nicht wußte, ob die Bahnhöfe überwacht wurden, und fuhr schließlich am vierten Tag schlotternd vor Angst wieder nach Wien, tausend Dollar reicher. Ich hatte eigentlich damit gerechnet, die Hälfte wieder abgeben zu müssen, aber der Wirt hatte keine Anstalten in diese Richtung gemacht, und auf die Nase hatte ich es ihm natürlich auch nicht gebunden.

Drei Tage später hatte ich meine Ausrüstung und noch eine nette kleine Geldreserve. Von Rübe habe ich seitdem nie mehr etwas gehört, außer dem, was damals in den Zeitungen gestanden hatte. Anscheinend war Rübe immer bewaffnet gewesen und hatte in besagter Nacht einen Zöllner erschossen, als dieser Rübe aufhalten wollte. Dieser Idiot. Scheiß auf die Regeln, du hast sie nicht gemacht, aber laß dich dabei nie erwischen!

Ich arbeitete dann monatelang auf Baustellen, um halbwegs über die Runden zu kommen, und fotografierte nebenbei. Ich schickte Foto um Foto an alle Zeitungen und Zeitschriften, die ich kannte, aber die meisten kamen wieder zurück mit dem Vermerk UNBRAUCHBAR.

Dann, als ich die Knipserei schon beinahe aufgeben wollte, las ich in einem Gratisschmierblatt, das zusammen mit Reklamefetzen regelmäßig meinen Briefkasten verstopfte und zu neunzig Prozent aus hinterwäldlerisch anmutender Werbung bestand, daß in Kürze ein neues Boulevardblatt auf den österreichischen Markt kommen sollte und noch Fotografen gesucht würden. WENN SIE JUNG, DYNAMISCH UND EHRLICH SIND UND HARTE ARBEIT NICHT SCHEUEN, HABEN WIR EINEN JOB ALS FOTOGRAF IN EINER ZEITUNG MIT NIVEAU FÜR SIE! Ich fühlte mich natürlich sofort angesprochen, besonders was die Ehrlichkeit anging, und machte mir einen Termin aus. Daß das Blatt Niveau hatte, war ja schon der Anzeige zu entnehmen gewesen, aber nicht, daß dieses so erschreckend niedrig war! Das Layout einer Probenummer, die mir mit triumphierendem Grinsen unter die Nase gehalten wurde, erinnerte mich stark an die billigen Comics meiner Kindheit, und auch was das Textniveau anging, konnte ich auf Anhieb nicht viel Unterschied feststellen; höchstens einen negativen.

Herr Huber, der Boß, ließ sich von mir einen Stapel Fotos zeigen, bedachte ungefähr jedes zehnte mit einem wohlwollenden Blick und beschränkte sich ansonsten auf ein kommentierendes Grunzen. Dann strich er sich seine fettigen Haare zurück, grinste mich an wie ein Gebrauchtwagenhändler und gratulierte mir zu meinem neuen Job als Fotograf. So einfach ging das.

ZWEITES KAPITEL

Ziemlich außer Atem – ich war drei Stockwerke hochgerannt, weil der verdammte Lift wieder mal defekt war und nur bis in den dritten Stock fuhr – kam ich in die Redaktion.

Frau Eisenhut, die Sekretärin, die aussah, als hätte sie die meisten der Apostel noch persönlich gekannt, schenkte mir eine ihrer üblichen säuerlichen Andeutungen eines Lächelns, was sich so äußerte, daß ihr linker Mundwinkel ungefähr einen halben Millimeter nach oben wanderte und ihre ansonsten immer nebelverhangenen Augen einen winzigen Sonnenstrahl in die Welt schickten.

Ich ließ mich auf einen Sessel fallen, stellte die Tasche vor meine Füße und lehnte mich zurück. Frau Eisenhut wollte eben ihren faltigen Mund aufmachen, doch ich kam ihr zuvor, winkte ab und sagte:

»Ich weiß schon, Frau Eisenhut, der Boß ist stinksauer, er hat wieder mal gedroht, mich rauszuschmeißen, und im übrigen muß ich mich noch eine Weile gedulden, da er gerade eine Besprechung hat.«

Frau Eisenhut starrte mich eine Sekunde lang an wie ein Karpfen, der sich plötzlich, vertrauten feuchten Gefilden entrissen, in einem chinesischen Wok wiederfindet. Dann wandte sie sich wieder voller Inbrunst ihrem Computer zu.

Ich konnte mir schon denken, welcher Art Hubers Besprechung war. Wenn man eine einundzwanzigjährige Sekretärin mit den Maßen neunzig-sechzig-neunzig hatte, waren vermutlich etliche Besprechungen nötig, um ihr klarzumachen, daß einen die Frau zu Hause nicht versteht, die Kinder einen hassen und man im übrigen komplett mißverstanden wird und dringend ein bißchen Trost, auch körperlichen, benötigt. Das ging nun schon über zwei Monate so dahin. Ich möchte wetten, Huber hatte noch nicht mal ihre nackte Titte gesehen, sie dafür schon drei Gehaltserhöhungen.

Ein raffiniertes Biest. Wer konnte es ihr übelnehmen? Ich ganz bestimmt nicht.

Ich grabschte mir eine der Zeitungen, die auf einem kleinen gläsernen Beistelltisch herumlagen, und blätterte sie durch. Ab und zu stieß ich auf ein Foto, das ich gemacht hatte. Die meisten waren ziemlich schlecht, das heißt, sie paßten genau zum Inhalt.

Ich überflog ein paar Artikel, die ich noch nicht kannte; genauer gesagt kannte ich keinen einzigen, da ich das Schmierblatt sonst nicht las. Eine Reihe bestialischer Hunde- und Katzenmorde sorgte in Wien für Aufregung. Ein offensichtlich geistesgestörter Täter schlich sich nachts in Gärten stadtauswärts gelegener Villen, überwand die Alarmanlage und massakrierte die Viecher. Am Ende sahen sie aus wie die Reste eines Hamburgers. Die Polizei fand am Tatort jedesmal einen blutbeschmierten Mc Donald's-Reklamezettel und ging davon aus, daß der oder die Täter fanatische Vegetarier waren, die auf so drastische Weise den Menschen vorführen wollten, wie grausam das Töten von Tieren war, egal welcher Art sie angehörten. Ein Polizeipsychologe stellte ein Täterprofil auf, mit dem keiner etwas anfangen konnte – außer dem Täter selbst, er konnte sich nämlich darüber kaputtlachen–, und die Sicherheitsdirektion der Stadt Wien riet allen Wiener Tierhalterinnen und Tierhaltern, ihre Lieblinge im Hause zu behalten, bis der Wahnsinnige gefaßt worden wäre.

Der Artikel war mit ein paar unscharfen Aufnahmen von angeblich verstümmelten Hunden und Katzen aufgefettet worden, aber die Bilder waren so grobkörnig, daß es sich genausogut um tote Ratten, zusammengekehrtes Laub oder die Reste eines Lagerfeuers hätte handeln können. Glitzermanns Werk. Der Typ war derart dämlich, daß er mit Mühe wußte, in welches Loch man bei einer Kamera schauen muß, ins große oder ins kleine, vom Rest ganz zu schweigen. Dennoch, oder wahrscheinlich gerade deswegen, war er *der* Topfotograf in unserem Blatt. Er lieferte die Bilder in einem derart verschlampten Zustand ab, daß der arme Mann im Layout oft nicht einmal wußte, wo oben und unten war, geschweige denn, was das Foto eigentlich darstellen sollte.

Ich steckte mir gerade eine Kippe ins Gesicht, da ging die Tür des Chefbüros auf, und er stand vor mir. Wenn man vom Teufel, und so weiter. Alfred Glitzermann, von allen nur Glitterfreddy genannt, breitete sich in seinem vollen öligen Charme vor mir aus. Die Haare pappten an seinem Schädel, als hätte sie jemand mit einem Tacker in sein Gehirn genagelt, natürlich nur unter der hypothetischen Annahme, daß ein solches vorhanden wäre, sein aufdringliches Parfüm war eine echte Bedrohung für die Blumen von Frau Eisenhut, und seine Klamotten sahen aus wie die Weihnachtsschmuckabteilung im Ausverkauf. Ein Pailettchen hier, ein silbern glänzender Anstecker da, hier ein nettes Kettchen aus der *Eduscho*-Kollektion, da ein unechter Goldring vom Naschmarkt. Hätte er noch blonde Haare und Stirnfransen gehabt, er hätte ausgesehen wie eine Friseuse. GUTEN TAG, DER HERR, MEIN NAME IST

O GABI

O ANDREA

O SUSI (ZUTREFFENDES BITTE ANKREUZEN), WOMIT KANN ICH IHNEN DIENEN?

»Der Boß ist ganz schön sauer auf dich. Beim nächsten Mal fliegst du, aber hochkant!« Man sah ihm deutlich an, wie sehr ihn diese Möglichkeit freute. Glitzermann wußte genau, daß er ein mieser Fotograf war, und er wußte auch, daß ich es wußte. Er hoffte nur, daß der Boß es nicht auch irgendwann mal kapierte, aber bei Hubers Intelligenz wäre wohl eine Reinkarnation nötig, denn ein Leben reichte dazu bestimmt nicht aus.

Ich nahm einen tiefen Zug an meiner Zigarette, paffte ihm den Rauch ins Gesicht und sagte:

»Bist du jetzt sein Sprecher, Weihnachtsbaum? Das offizielle Organ von ›Voll Dran!‹? Oder verschaffst du nur deinen geheimen Wünschen ein bißchen Luft?«

Glitzermann atmete tief ein, wedelte mit seinem linken Zeigefinger vor seinem Bauch herum und versuchte irgendwas zu sagen, als Frau Eisenhut rief:

»Herr Glitzermann! Der Grafiker möchte Sie sehen, sofort!«

Glitzermann drohte, wir würden uns noch sprechen, strich sich seine Haare zurück, wischte sich ein halbes Kilo Gel auf die Hose und ging zum Lift. Er funkelte und spiegelte wie eine Wunderkerze.

Ich schnappte mir wieder meine Zeitung und blätterte ein bißchen weiter. Ich las einen Artikel über eine Demonstration gegen ein schärferes Abtreibungsgesetz anläßlich einer Wahlkampfrede eines christlichkonservativen Politikers. Er sprach vom Schutz des ungeborenen Lebens, von der Verantwortung der Frau heutzutage und ähnlichem Schwachsinn. Wie ich den Bildern entnehmen konnte (diesmal nicht von Glitzermann), hatte seine Rede nicht ganz die beabsichtigte Wirkung gehabt, denn der Schädel von Steinkopf, so hieß der Politiker, wurde des öfteren Ziel hölzerner Spruchtafeln. Geschah ihm ganz recht, diesem Arschloch. Jeder wußte, daß Steinkopf drei seiner Sekretärinnen geschwängert und dann versetzt hatte, um sie irgendwo in der Provinz zu verstecken. Offiziell sprach man natürlich von Beförderung. In einem separaten Kasten gab es ein Portrait des *vorbildlichen Politikers, Menschen und Vaters.* Zweieinhalb Spalten lang schleimte und heulte sich der Artikelschreiber, Huber höchstpersönlich, über Steinkopfs unermüdlichen Einsatz zum Schutz des ungeborenen Lebens aus und würdigte seine ausgeprägte Menschlichkeit und seine Aufopferungsbereitschaft. Steinkopf hatte eine neunundzwanzigjährige Tochter, die an einem schweren Herzleiden laborierte, und es war fraglich, ob sie durchkam, wenn nicht bald von irgendwoher ein Spenderherz einlangte. Laut Huber meisterte Steinkopf diese Situation mit *bewunderungswürdiger Kraft.* Ich fragte mich, warum Steinkopf bewunderungswürdig sein sollte, seine Tochter hatte doch den Herzfehler und nicht er.

Ich drückte die Kippe in einem von Frau Eisenhuts Blumentöpfen aus, warf die Zeitung zurück auf den Tisch und gähnte ausgiebig. Dieser verdammte Huber! Beorderte mich extra für halb neun in sein Büro und ließ mich dann zwanzig Minuten lang warten. Die Tür des Vorzimmers ging auf, und Fräulein Sommer, heißeste Anwärterin auf jeden MISS NASSES T-SHIRT- und MISS SILICON VALLEY-TITEL, kam mit hochrotem Gesicht und unordentlichen Haaren auf mich zugerannt.

Sie verdrehte kurz die Augen, blies sich eine Strähne aus dem Gesicht und stöckelte zum Aufzug hinüber. War anscheinend dem Boß gerade noch mal entkommen. Dieser geile, alte Bock!

Frau Eisenhut zeigte auf die Tür und sah mich streng an. Nun ging es um *meinen* Arsch. Ich durchquerte das Vorzimmer, klopfte kurz an die gepolsterte und mit Leder überzogene Tür des Büros und trat dann ein, ohne auf ein *Herein* zu warten. Huber drehte sich samt seinem protzigen Chefsessel zu mir um und fauchte mich an:

»Wie oft habe ich Ihnen schon gesagt, daß Sie erst hereinkommen sollen, wenn ich es Ihnen sage, verdammt noch mal!?« Er hatte rote Flecken im Gesicht, und seine Stirn war von einem leichtem Fettfilm überzogen. Fräulein Sommer hatte sich offensichtlich gut geschlagen. Eine Woge bräunlichen Zigarrenqualmes waberte, vermischt mit dem Duft eines aufdringlichen Aftershaves, an mir vorbei. Huber krempelte sich die Ärmel seines Armani-Sakkos zurück und deutete auf einen Stuhl. Sah sich wohl zu viele *Marius-Müller-Westernhagen*-Videos an.

Ich setzte mich auf ein unbequem und teuer aussehendes Stahlrohrgeflecht und steckte mir eine Kippe ins Gesicht.

»Das war das letzte Mal heute, das allerletzte Mal, haben Sie mich verstanden?« brüllte Huber los. »Sie sind fester Mitarbeiter bei dieser Zeitung, und als solcher haben Sie verdammt noch mal um Punkt acht

Uhr hier zu sein! Das ist schon das dritte Mal in dieser Woche, daß Sie zu spät kommen, hintereinander! Was denken Sie sich eigentlich dabei, hm? Gefällt Ihnen vielleicht der Job nicht mehr? Wollen Sie gefeuert werden? Nur zu, Sie brauchen es bloß zu sagen. Ich muß nur einmal mit dem Finger schnippen und hab' in zehn Sekunden ein Dutzend solcher Knipser wie Sie an der Hand!«

»Hoffentlich fallen dir dabei die Finger ab«, murmelte ich vor mich hin.

»Was war das? Was haben Sie eben gesagt? Wollen Sie mir auch noch frech kommen, Sie Versager? Ich will Ihnen mal was sagen: Ich bin schon länger in diesem Geschäft als die meisten anderen, und im Gegensatz zu den meisten anderen habe *ich* auch immer größeren Erfolg. Ich habe in Deutschland drei Zeitungen aus dem Boden gestampft, daß der Konkurrenz Hören und Sehen verging, also kommen Sie mir nicht mit Ihren unqualifizierten Blödeleien daher!«

Ich hob entschuldigend meine Arme und zeigte ihm meine Handflächen. Huber drehte sich um, riß eine Zeitung von seinem Chefschreibtisch, auf dem leise ein Laptop summte, und warf sie mir zu.

»Warum bringen Sie mir nicht auch endlich mal solche Fotos wie Glitzermann? Er ist immer zur Stelle, ist immer am Drücker. Schauen Sie sich diese Bilder an! Was glauben Sie, um wieviel die Auflage hochgegangen ist, seit dieser Irre diese Hunde und Katzen abschlachtet?«

Ich sagte, ich hätte nicht die geringste Ahnung.

»Natürlich nicht«, fuhr Huber fort, »die Dinge, von denen Sie eine Ahnung haben, lassen sich auf einen Bierdeckel schreiben! Ich will Ihnen mal was sagen, mein Lieber: Ein gutes Boulevardblatt hat fünf Säulen, die es entweder tragen oder runterreißen. Erstens, ein ausführliches Horoskop, zweitens, ein ausführliches Fernsehprogramm, drittens, eine ausführliche Wettervorschau, viertens, Unglücksfälle und Prominente, am besten beides miteinander verbunden, und fünftens ...«

Er machte eine dramaturgische Pause und sah mich fragend an. Ich runzelte meine Stirn, zog die linke Augenbraue hoch und erklärte Huber abermals, daß ich nicht den blassesten Schimmer hätte.

»... und fünftens, eine ausführliche Tierrubrik. Fragen Sie Tierarzt Doktor Filzlaus, wenn Ihrem Liebling etwas fehlt, schreiben Sie an Diplompsychologin Helga Sauerwein, wenn Ihr Hund Sie nicht versteht, und, das Wichtigste von allem, Schicksalsschläge aus der Reihe WARUM MUSSTE MEIN ARMER WALDI STERBEN? ER HAT DOCH NIEMANDEM ETWAS GETAN!«

Huber machte eine kurze Pause und fügte noch hinzu: »Na ja, ein bißchen nacktes Frauenfleisch sollte natürlich ebenfalls vorhanden sein, aber das ist mehr schmückendes Beiwerk.« Dann befahl er Frau Eisenhut durch die Gegensprechanlage, ihm einen Kaffee zu bringen.

Ich stand da, fühlte mich etwas unbehaglich, weil ich nicht wußte, worauf Huber eigentlich hinauswollte, und schaute aus dem Fenster auf einen anheimelnden Hinterhof.

»Warum bringen Sie mir nicht mal so eine Story, Breitmaier?«

»Ich bin Fotograf und kein Schmierfi–, ich wollte sagen, kein Journalist, Herr Huber. Außerdem würde ich Bilder wie die von Glitzermann nicht mal zustande bringen, wenn ich beim Entwickeln die Augen geschlossen hätte.«

Huber überhörte den zweiten Teil des Satzes geflissentlich, streckte seine Brust vor und dröhnte:

»Fotograf, Journalist, wo ist da der Unterschied? Die einen drücken ein bißchen an einer Kamera herum, die anderen auf einem Computer. Warum versuchen Sie es nicht mal mit einer Story, Breitmaier? Nur eine kleine zu Beginn, aber wer weiß, vielleicht liegt Ihnen das Schreiben im Blut und Sie sind darin viel besser als im Knipsen?« Er schaute mich Einverständnis heischend an.

»Ich weiß nicht so recht, Herr Huber, ich bin nicht gerade gut in Deutsch. Sie wissen schon, Rechtschreibung, Ausdrücke und das ...«

»Papperlapapp! Rechtschreibung, Ausdrücke! Glauben Sie im Ernst, einer meine Journalisten würde sich in Orthographie auskennen? Die denken, das ist ein Schuster für verkrüppelte Füße. Oder meinen Sie wirklich, diese Zombies, die unser Blatt kaufen, würden einen falschen Ausdruck bemängeln? Die haben einen Wortschatz, den Sie mit einer Hand zählen können: arbeiten, essen und trinken, bumsen, Auto, Fernseher. Nun, was ist, Breitmaier?«

»Na ja, ich weiß nicht so ganz, Herr Huber.« Ich verknotete meine Finger ineinander.

»Lassen Sie sich Zeit. Überlegen Sie in aller Ruhe.« Er sah mich mild an. »Aber wenn ich nicht spätestens nächste Woche einen Artikel von Ihnen auf meinem Schreibtisch habe, sind Sie draußen, haben Sie mich verstanden, mein Bester?«

Ich hatte verstanden. Was sollte es. Selbst wenn ich die Aufsätze, die ich als Zehnjähriger geschrieben hatte, ins Blatt nähme, würde das eine Niveausteigerung bedeuten.

Huber hielt sich für einen richtig harten Typen. Jeder in der Redaktion hatte diese Story schon mindestens ein dutzendmal über sich ergehen lassen müssen, wobei die Zahl der aus dem Boden gestampften Zeitungen von Mal zu Mal variierte; so zwischen zwei und zwölf. In Wirklichkeit war Huber ungefähr so hart wie ein Schluck Wasser im Mund einer zahnlosen Oma.

Die Tür wurde aufgerissen und Glitzermann kam hereingeschneit wie der weihnachtliche Niederschlag, glänzend und kalt. Er hatte sich umgezogen und sah nun aus wie der Moderator einer Transsexuellenshow.

»Nettes Sakko«, sagte ich. »Gibt's das auch für Männer?«

Glitzermann holte wieder tief Luft, durfte aber sein Sprüchlein abermals nicht an den Mann bringen, denn Huber warf uns beiden einen Blick zu, der selbst einen Panzer gestoppt hätte.

»Sie hören jetzt sofort auf mit diesem Unsinn! In einer halben Stunde eröffnet Albert Drake den neuen Möbelgroßmarkt in Simmering, und ich möchte, daß Sie beide jetzt sofort dorthin gehen und mir nicht ohne einen Stapel gottverflucht guter Fotos zurückkommen, es sei denn, ihr interessiert euch näher für meine Piranhas. Das gilt vor allem für Sie, Laurenz.« Er deutete auf ein kleines Aquarium mit verschmierten Scheiben, in dessen trübem Wasser ein paar strahlengeschädigte Goldfische herumdümpelten. Ich verkniff mir gerade noch das Salutieren und verschwand hinter Glitzermann aus dem Büro.

»Na, alles verstanden *Laurenz*?« fragte mich der

Weihnachtsbaum. Ich wich seinen parfumgetränkten Speichelpartikeln aus.

»Du weißt genau, daß ich nicht Laurenz heiße, du verhinderte Friseuse!« Natürlich hieß ich Laurenz, eine Ausgeburt des alkoholvernebelten Gehirns meiner Mutter, Gott hab' sie selig, aber meine Freunde würden mich Enzo nennen, wenn ich welche hätte. Klingt irgendwie rassiger und geheimnisvoller. Enzo Breitmaier, Held unzähliger Abenteuer und Brecher sämtlicher Frauenherzen zwischen fünfzehn und fünfzig. Natürlich wußte der Weihnachtsbaum, daß ich es haßte, Laurenz genannt zu werden, und natürlich nannte er mich aus genau dem Grund Laurenz, und natürlich konnte ich nichts dagegen tun, und natürlich wußte ich, daß der Weihnachtsbaum das auch wußte. Reine Psychologie.

»Was wollte Huber denn von dir, Breitmaier? Nein, laß mich raten. Er hat gedroht, dich rauszuschmeißen, wenn nicht innerhalb einer Woche ein Artikel von dir auf seinem Scheibtisch liegt, hab' ich recht?« Wir stiegen aus dem Lift und gingen die drei Treppenabsätze hinunter.

»Stimmt genau. Wieso weißt du das so genau? Hast du an der Tür gelauscht?« Ich steckte mir eine Kippe ins Gesicht. Die letzte. Verdammt!

»War gar nicht nötig«, sagte der Weihnachtsbaum, »das kenn' ich alles noch von mir. Wie lange bist du jetzt bei uns, sechs Monate?« Ich nickte.

»Na siehst du. Ich bin jetzt schon fast drei Jahre dabei. Hab' Huber schon als Fotograf gedient, als er in Deutschland noch Blätter mit einer Auflage von zwanzigtausend rausgebracht hat. Ich kenn' doch seine Tricks.«

Glitzermann stieß die schwere Chromstahl-Glastür auf und hielt Ausschau nach dem Firmenwagen.

»Wo hat diese blöde Kuh die Karre denn wieder abgestellt, verflucht noch mal?« Er meinte wohl Fräulein Sommer.

Es gab insgesamt drei Firmenfahrzeuge, zwei kleine Ford Fiestas und einen alten, klapprigen Mercedes-Transporter, den selbst der Schrotthändler verschmäht hatte. Ein Fiesta war den Journalisten zugeteilt, der andere den Fotografen, sprich Glitzermann und mir. Da Fräulein Sommer unseren Fiesta aber nach Dienstschluß als Privatwagen benutzen konnte, stellte es sich mit nervtötender Regelmäßigkeit als ziemlich schwierig heraus, dessen aktuellen Standort zu ermitteln. Fräulein Sommer kannte weder EINFAHRT VERBOTEN-Schilder noch Sperrflächen; sie ließ den Fiesta einfach irgendwo stehen. Mehr als einmal fanden wir ihn auf einem Polizeiparkplatz wieder, zusammen mit einem saftigen Strafzettel und einer Rechnung des Abschleppdienstes.

Ich trat meine Kippe aus und suchte ein bißchen die Umgebung ab. Am Graben herrschte allgemeines Fahrverbot, mit Ausnahme der Zubringerdienste, für die spezielle Parkplätze freigehalten wurden. Auf eben einem solchen endeckte ich dann unseren Fiesta. Glitzermann war stinksauer, fluchte vor sich hin und murmelte etwas von *Zwangslobotomie.*

Als wir uns einen Weg durch die Fußgänger bahnten, fragte ich Glitzermann: »Du wolltest mir vorhin etwas über Hubers Tricks erzählen. Laß dich nicht abhalten.«

Glitzermann kurbelte das Fenster runter, brüllte einem Fußgänger zu, daß er ihm gleich die Eier abreißen würde, wenn er nicht bald verduftete, atmete tief aus und ein, lehnte sich dann zurück und seufzte: »Ach ja, Huber, der alte Mistkerl. Weißt du, ich kenn' ihn schon so lange ...«

»Ich weiß, hast du mir schon erzählt. Die Tricks!«

»Okay. Bist du schon mal in unserer Schreibstube gewesen? Du weißt schon, die Bullenställe der Schmierfinken.«

Ich nickte.

»Wieviel Typen hast du da hinter ihren Computern sitzen sehen? Zwei, drei, zehn?« Er schaute mich fragend an und übersah beinahe eine Mutter mit Kinderwagen, die gerade noch den rettenden Gehsteig erreichte.

»Weiß nicht. Ich kann mich nicht mehr so genau erinnern. Drei oder vier vielleicht, ab und zu noch ein paar von diesen Publizistikstudenten. Warum fragst du?«

»Weil das viel zu wenig Leute sind für eine so große Zeitung wie diese, du Idiot. Sieh dir nur all unsere Rubriken an, unsere Serien und dann die tagespolitischen Artikel. Glaubst du, dafür würden drei oder vier Journalisten ausreichen?«

»Keine Ahnung. Ich bin hier nur der Fotograf. Der Rest interessiert mich einen Dreck.«

»Irrtum, mein Lieber, du *warst* hier nur der Fotograf. Ab jetzt bist du ebenfalls ein Journalist. Wenn dir das nicht paßt, bist du draußen, das kannst du mir glauben. Du wärst nicht der erste.«

»Wieso zur Hölle stellt Huber nicht einfach ein paar neue Journalisten ein, wenn wir zuwenig Personal haben?«

»Das kann ich dir genau sagen, mein Lieber. Aus

zwei Gründen: Erstens, Journalisten kosten viel Geld, und Huber will dieses Geld lieber in seine Fischsammlung investieren, und zweitens, die Journalisten, die bei ›Voll Dran!‹ arbeiten, können nicht besser schreiben als du oder ich, kapiert? Wäre also reine Geldverschwendung.« Er grinste mich triumphierend an.

»Willst du damit etwa sagen, daß du seit zweieinhalb Jahren neben deiner Knipserei auch noch Artikel schreibst?« fragte ich ungläubig.

Glitzermann grinste mich an. »Natürlich, du Blödmann. Jeder, der bei ›Voll Dran!‹ arbeitet, schreibt nebenher noch Artikel. Sonst würde das Blatt ja nicht voll werden.« Er hielt einen Moment inne, überlegte kurz und sagte: »Na ja, nicht jeder. Die iranische Putzfrau wurde von Huber bisher noch nicht gefragt.«

Ich starrte ihn mit weitaufgerissenen Augen an.

»Kleiner Scherz am Rande, mein Lieber.«

Ich atmete erleichtert aus. »Und das funktioniert?«

»Natürlich«, sagte Glitzermann und schaltete in den vierten Gang. »Frau Eisenhut oder Fräulein Sommer tippen den Schwachsinn der anderen nochmals in den Computer, beseitigen die gröbsten Fehler, und den Rest erledigt dann das Rechtschreibprogramm der Textverarbeitung.«

»Das darf doch nicht wahr sein«, sagte ich leise.

»Doch doch, mein Lieber«, grinste Glitzermann, »das ist wahr. Wie wahr, das merkst du spätestens nächste Woche, wenn dein eigener Artikel fertig ist.«

Reizende Aussichten.

»Und wie ich Huber kenne, hat er auch schon ein Thema für dich ausgesucht, oder?« fuhr der Weihnachtsbaum fort.

»Na ja, eigentlich nicht. Nicht direkt jedenfalls. Er

hat mich nur gefragt, wieso ich ihm nicht mal eine Geschichte über diese Tiermorde bringe.«

»Na also!« rief Glitzermann. »Da hast du dein Thema. Normalerweise schreibe ich ja diese Serie, hab' aber im Moment keine Zeit. Mensch Breitmaier, das ist *die* Chance!«

»Ja, *die* Chance, mich tödlich zu blamieren«, warf ich ein.

»Keine Angst, Breitmaier, du verwendest natürlich ein Pseudonym. So kannst du den größten Schrott schreiben und dir dennoch einreden, daß du mit diesem Mist nicht das geringste zu tun hast. Es ist wie eine Rolle im Theater, verstehst du? Um acht ziehst du dein Kostüm an und schmierst dein Zeug hin, um vier ziehst du dich um, schminkst dich ab und gehst als Fotograf nach Hause. Glaub mir, man gewöhnt sich ziemlich schnell daran.«

Glitzermann steckte sich eine verspiegelte Sonnenbrille ins Gesicht und starrte geradeaus. Damit war das Gespräch beendet.

Meine Güte! Eine Artikelserie über diese Hunde- und Katzenmorde. Was zur Hölle gingen mich diese Scheißviecher an? Alte, verfettete Trotteln von Hunden, die von vertrottelten alten Vetteln durch die Gegend geschleift wurden und halb Wien vollschissen! Gegrillt, gehäutet und gegessen gehörten die! Ich kapierte nicht, was den meisten Leuten so an diesen ekelhaften Viechern gefiel. Sie zahlten Hunde- und Katzensteuer, kratzten deren Scheiße aus dem neuen Teppichboden und schoben ihnen Lachs und Meeresfrüchte in den gierigen Rachen, während sie selbst Haferflocken und Toastbrot aßen. Bevor ich so ein Viech in meine Wohnung ließe, würde ich mich nackt in ein

Altersheim stellen und *Wer will mich?* rufen. Ganz im Ernst.

Als wir beim Möbelmarkt ankamen, war es fast halb zehn. Glitzermann kurvte fünf Minuten lang um den Parkplatz und ließ den Fiesta schließlich direkt neben dem Eingangstor stehen. Wir packten unsere Fotoausrüstungen aus, steckten die richtigen Objektive auf unsere Kameras, legten Filme ein, überprüften, ob die Batterien im Akkupack, die für den Blitz notwendig waren, noch ausreichend Saft hatten, und gingen schließlich zum Pulk der wartenden Journalisten und Fotografen der anderen Schmierblätter. Glitzermann kannte so ziemlich jeden und jede, und bald hatte ich ihn aus den Augen verloren. Ich hatte keine Ahnung, weshalb Huber gleich zwei Fotografen zu diesem Termin abkommandiert hatte. Vielleicht wollte er, daß ich der Konkurrenz im Weg stand. Ich klopfte meine Taschen vergeblich nach einer Kippe ab und mußte mich wohl oder übel mit einem Streichholz begnügen. Gar kein Vergleich.

Ich schlenderte gemächlich zum Eingang hinüber und sah mir die ganzen Idioten an, die eigens wegen dieses gelifteten Schauspielers bis nach Simmering hinausgefahren waren, praktisch ans Ende der Welt. Nicht umsonst lag der Zentralfriedhof ganz in der Nähe. Die einzigen Vergnügungen, die es hier draußen gab, waren Beerdigungen und offensichtlich Eröffnungen von Möbelhäusern. Die Horden turnbeschuhter Familienväter und babyschwingender Jungmütter warteten schon ungeduldig auf den Startschuß, um endlich ihr hart verdientes Geld für Naturholzmöbel, Schreibtischlampen mit skandinavischen Namen, billiges Besteck und dekorative Zierfarne in stilechten Keramikhängegefäßen ausgeben zu dürfen. Etwas abseits standen in einer Gruppe Japaner, die sich mit Mozartkugeln vollstopften, ihre Kompaktvideokameras auf alles und jeden richteten und zwischendurch mit wahrhaftiger Hingabe auf ihre Übersetzungscomputer eindroschen.

Schließlich öffnete sich das Eingangstor unter ohrenbetäubendem Fanfarenlärm. Ein Schwall heißer Luft wirbelte nach draußen und brachte die kunstvoll toupierten Frisuren der Damen ernsthaft in Gefahr, vom Winde verweht zu werden. Ich konnte mehrere Handtaschen gleichzeitig vor empörte Gesichter schnellen sehen. Das war nun wirklich ein Foto wert. Plötzlich explodierte der Parkplatz in einem gleißendhellen Blitzlichtgewitter. *Er* war da! Albert Drake, leibhaftig! Das Raunen von Stoßgebeten, vermischt mit dem hirnlosen Geschnatter der Journalisten, hing über dem Möbelzentrum wie Gesang aus einer anderen Welt. Taschentücher wurden gleich kiloweise vollgerotzt, und Ströme von durch Make-up gefärbte Tränen bahnten sich ihren Weg durch die Faltengebirge verblühter Frauengesichter, denen wohl auch in ihrer Jugend nicht allzu viele Schönheitsbezeugungen anheimgefallen waren. Es war überwältigend!

Doch so schnell der Spuk begonnen hatte, so schnell war er auch schon wieder vorbei. Der Moderator der Eröffnung kündigte noch eine volksdümmliche Musikkapelle an und wünschte den Besuchern viel Spaß im neuen Möbelparadies. Dann rauschte er davon, zusammen mit Albert Drake, der während der ganzen Zeit den Mund höchstens zweimal aufgemacht hatte, nämlich, um zu gähnen.

Wieder flackerten bläuliche Blitze in den kalten Morgenhimmel, um vielleicht noch ein Eckchen von Albert Drakes göttlichem Rücken zu erwischen. Ich war die ganze Zeit über nur mit offenem Mund dagestanden und hatte glatt vergessen, ein einziges Foto von ALBERT KNIET VOR IHM NIEDER DRAKE zu machen. Ohne Scheiß. Huber würde mich häuten, grillen und anschließend das, was er von mir übriggelassen hatte, seinen schwindsüchtigen Fischen zum Fraß vorwerfen. Ich mußte mir was einfallen lassen, und zwar schnell!

Ich schnappte mir also auf gut Glück einen mit Kameras behängten Typen und versuchte, ihm einen Film mit den Fotos von Albert Drake abzukaufen. Er wollte mich abwimmeln, erzählte mir irgendeinen Scheiß von wegen HAB' SELBST NUR EINEN EINZIGEN FILM, aber es ging um meinen Arsch, und da konnte ich ziemlich ungläubig sein. Außerdem wußte ich, daß kein Fotograf nur einen einzigen Film verschoß, und sei es nur, um das Risiko, einen defekten Film erwischt zu haben und deshalb ohne Fotos in die Redaktionshöhle des Löwen zurückkehren zu müssen, zu minimieren. Schließlich ließ sich der Typ erweichen, kramte in seinem Fotokoffer herum und verkaufte mir einen Film, von dem ich mit Sicherheit annehmen konnte, daß die Bilder zu neunzig Prozent unscharf und überbelichtet waren. So ein typischer NOCH SCHNELL EIN PAAR FOTOS ZUM SCHLUSS-Film eben. Normalerweise kann man damit nicht allzuviel anfangen, aber eigentlich konnten die Bilder nicht schlimmer sein als die von Glitzermann. Ich trennte mich also widerstrebend von einem Fünfhunderter (nicht ohne mich jedoch zuvor vergewissert zu haben, daß es sich um einen Illford XP 2 handelte, der nämlich den Vorteil hatte, daß man ihn in einem Fotoschnellabor entwickeln lassen konnte, was, wenn man genug Druck machte, nicht länger als eine halbe Stunde dauerte, dann hatte man die fertigen Bilder in der Hand), nicht ganz so widerstrebend allerdings wie von meiner Haut, ging zurück zum Fiesta und wartete auf Glitzermann.

Dieser kam nach ungefähr fünf Minuten, verabschiedete sich kurz von einer blonden Stirnfransentussi in engen Jeans und Cowboystiefeln und setzte sich in den Wagen.

»Du hast einen echt makaberen Geschmack, was Frauen anbelangt«, sagte ich. »Gilt allerdings auch umgekehrt«, fügte ich hinzu.

»Wieso, was stört dich denn an der Tante?«

»Na ja, abgesehen von ihrem Aussehen eigentlich nichts.«

Glitzermann grinste mich mit seinem üblichen öligen Gesichtsausdruck an. »Gib's zu, du bist doch nur neidisch.«

»Sicher. Ungefähr so neidisch wie auf den Mann mit dem Loch im Kopf. Der muß nie mehr etwas trinken. Der stellt sich einfach unter die Dusche und läßt sich vollaufen.«

»Mann, du hast wirklich einen kranken Sinn für Humor«, sagte Glitzermann.

»Wieso, ist doch ganz praktisch. Findest du nicht?«

Glitzermann warf mir einen verständnislosen Blick zu und schnallte sich an. Dann steckte er sich wieder seine Sonnenbrille ins Gesicht, obwohl kein einziger Sonnenstrahl den grauen Himmel erhellte, und fuhr mit quietschenden Reifen vom Parkplatz.

Den Rest des Tages verbrachte ich damit, den gekauften Film bei einem *Fotokarussell* entwickeln zu lassen, mir einen Big Mac mit Pommes ins Gesicht zu stecken und den Laboranten in der Redaktion Feuer unterm Arsch zu machen, damit sie mir mit Hilfe des Grafikcomputers zumindest zwei Bilder zusammenpfuschten, auf denen Albert Drake einigermaßen erkennbar wirkte.

Als ich im Laufe des Nachmittags bei Huber aufkreuzte, um ihm die Ausbeute des vormittäglichen Einsatzes zu präsentieren, strahlte er über das ganze Gesicht, nannte die Bilder *echte Knaller* und fragte mich anschließend, ob ich es mir überlegt hätte, was das Artikelschreiben anbelangte. Da ich Glitzermanns Ratschlag noch in den Ohren hatte, laberte ich ein bißchen herum, streute ein paar strategische Wenn und Aber ein und erklärte mich schließlich bereit, beim nächsten anfallenden Tiermord einen Artikel zusammenzuschustern. Huber lobte meinen Entschluß, sprach von Loyalität gegenüber der Zeitung und wie wichtig das für ihn wäre und wünschte mir noch ein schönes Wochenende. Ich dachte, ich hör' nicht recht.

So gegen vier ging ich ins *Westend*, ein Café am Westbahnhof, trank ein Bier, rauchte ein paar Zigaretten und blätterte die Zeitungen durch. Nichts, das ich nicht schon vor einer Woche gelesen hatte oder vor einem Monat oder auch schon vor einem Jahr. Nur die Daten und die Namen änderten sich, die Grundinhalte waren ständig dieselben. Selbst das Fernsehprogramm schien sich nicht verändert zu haben.

Um viertel nach fünf zahlte ich und fuhr mit der U3 bis zur Johnstraße. Ich schlenderte durch den Meiselmarkt, der wegen der verfluchten Kälte fast ausgestorben war, kaufte etwas Gemüse und ein türkisches Fladenbrot, registrierte mit gerümpfter Nase die überquellenden Altglas- und Papiercontainer, überquerte schließlich die Hütteldorfer Straße und stieg die Treppen zu meiner Wohnung in der Holochergasse hinauf.

Als ich das Chaos in meinem Wohn/Schlafzimmer sah, blieb mir kurz die Luft weg. Am Morgen hatte ich zuwenig Zeit gehabt, um mir das Ausmaß der Verwüstungen genauer anzusehen, aber jetzt, nach der Knipserei dieses dämlichen Möchtegernschauspielers und dem anschließenden stundenlangen Herumstehen im Labor, bei dem einem das Gesicht einschlief, konnte ich angesichts der halbleeren Bier- und Weinflaschen, der überquellenden Aschenbecher, des drekkigen Geschirrs, das überall herumstand, und der eiskalten Luft nur noch resignierend meine Ausrüstungstasche aufs Bett werfen und mich gleich daneben. Warum konnte ich mir keine Putzfrau leisten?

Nach knapp zwei Stunden hatte ich mein Domizil vom ärgsten Dreck befreit und der Altglasrecyclingindustrie zu einem nicht unwesentlichen Konjunkturaufschwung verholfen. Nachdem ich mir den Ruß von den Armen gewaschen hatte (ich mußte den Ofen mit einer Konservendose ausschöpfen), verstaute ich meine unbenutzten Filme im Kühlschrank, warf mich aufs Bett, zündete mir eine Kippe an und schaltete den Fernseher ein. Die Nachrichten brachten eine Rede des neuen Programmchefs des ORF, in der er darauf hinwies, daß die Kulturprogramme in Zukunft vermehrt im Vordergrund stehen würden. Ich blies den Rauch gegen die Decke und dachte mir, wenn die zukünftigen Kultursendungen des ORF vom gleichen

Niveau waren wie die bisherigen, müßte sich in nicht allzulanger Zeit die Hälfte aller Österreicher in einen Grundkurs gegen Analphabetismus einschreiben lassen. Wenn dies nicht ohnehin schon längst der Fall war. Die Mehrzahl der Österreicher hielt sich bereits für kulturinteressiert, wenn sie um acht Uhr, nach dem Wetterbericht, nicht den Sport, sondern das Kulturjournal anschaute. Ganz im Ernst.

Als das Gelabere endlich fertig war, brachten sie eine Serie, die mich an einen Werbespot für Kalifornien erinnerte und die *Titwatch* oder so ähnlich hieß. Ich ließ den ganzen Schwachsinn, der eine erschrekkende Ähnlichkeit mit Leni Riefenstahl-Filmen hatte, ungefähr eine viertel Stunde, in der nicht drei Sätze gesagt wurden, über mich ergehen, schaltete dann die Glotze ab und schnappte mir ein Buch. Der ORF machte es einem wirklich leicht, zum Vielleser zu werden.

Ich war Dora Suarez von Derek Raymond. Ich blätterte vor bis zum Lesezeichen und vertiefte mich in die blutrünstige Lektüre. Das Buch war ein echtes Sammlerstück, längst vergriffen und im fast schon legendären Black Lizard-Verlag erschienen, einem Kriminalverlag in New York, der auch über einen deutschen Ableger verfügte. Hatte mich eine schöne Summe gekostet, das Buch endlich in Händen halten zu können, aber was soll's, man muß schließlich Prioritäten setzen.

Gegen Mitternacht schaltete ich den Fernseher noch mal ein, wer weiß, vielleicht gab es noch Zeichen und Wunder und einen halbwegs guten Film. Ich hatte Glück und konnte mich eineinhalb Stunden an *Miami Blues* und drei Bier erfreuen. Als ich mich schließlich um zwanzig vor zwei aufs Ohr haute, hatte ich immer noch das Grinsen des gutgelaunten Psychopathen Frederick J. Frenger, jr. vor mir.

DRITTES KAPITEL

Samstag. Lange schlafen, schnell noch in den Supermarkt gegenüber rennen und das Nötigste einkaufen und *keine* Kirchenglocken, die einem den Schlaf und den letzten Rest christlichen Glaubens rauben. Ein Tag nach meinem Geschmack.

Ich stand um halb zwölf auf, duschte ausgiebig, machte mir eine Kanne Kaffee, las *keine* Zeitung, schlüpfte schnell in ein paar Klamotten, rannte über die Straße zum *Billa*, kaufte zwei Dosen Baked Beans und einen Sechserpack Eier, machte mir ein ordentliches Frühstück/Mittagessen und legte mich wieder ins Bett. Ich schlief noch drei Stunden und war gegen halb vier so halbwegs wach. Jedenfalls wach genug, um das Geschrei, das aus der Wohnung unter mir kam, in allen Einzelheiten mitzubekommen. Diese Stimmorgane würden sogar dem von Huber Konkurrenz machen. Anscheinend schieden sich die Geister, ob eine Flasche Wein zum Mittagessen nun eine ausgeprägte kulinarische Gesinnung bedeutete oder schlichtweg als Alkoholismus zu bezeichnen war. Die lautere Stimme, die des Mannes, plädierte wortgewaltig für erstere Interpretation. Den Ausdrücken zufolge hätte ich jedoch eher für die zweite gestimmt. Das Ganze ging ungefähr eine halbe Stunde so dahin und endete überraschend pünktlich um vier Uhr. Wahrscheinlich begann die zehnte Wiederholung einer Seifenoper. Und da soll noch jemand behaupten, das Fernsehprogramm des ORF sei für gar nichts zu gebrauchen.

Ich saß in Jeans und einem T-Shirt am Küchentisch und blätterte die Werbeprospekte durch, die mich zwingen wollten, zehn Liter Orangensaft auf einmal nach Hause zu schleppen oder unbedingt die neue Qualität des Genießens zu entdecken und die Kaffeemischung *Rio Grande* zu kaufen. Jetzt stark verbilligt! Ab zehn Halbkilopackungen gab es einen Scherenschnitt von Johnny Wayne gratis dazu. Ich konnte es den Prospektverteilern nicht übelnehmen, daß sie ihren Schund an jede Türschnalle hängten, schließlich wurden sie ja dafür bezahlt. Aufkleber mit der Aufforderung, sich den Werbemüll dahin zu stecken, wo keine Sonne scheint, waren in der Regel nicht vom Erfolg gekrönt, da die meisten Verteiler entweder kein Wort Deutsch konnten oder sich einfach einen Dreck darum scherten. Ich wußte aus Erfahrung, wie es war, fünf Stunden lang jeden Tag dämliche Reklamezettel in sechsstöckigen Wohnhäusern zu verteilen, die über keinen Lift verfügten. Irgendwann, meistens nach zwei Stunden, hatte man die Sache so satt, daß man die Dinger wie in Trance irgendwo hinhängte, selbst wenn es sich um die Nase einer eben aus der Tür kommenden Hausfrau handelte.

Ich stand auf, streckte mich, steckte mir eine Zigarette an und schaute aus dem Fenster. Weiße Wattewolken fetzten über einen hellblauen Himmel, manchmal kurz von den dreckigen Rauchschwaden eines rußenden Kamins begleitet. In braune und lodengrüne Mäntel verhüllte Menschenklumpen hasteten eiligen Schritts irgendeinem unbekannten Ziel entgegen, gräulichweiße Atemwolken vor sich hertreibend. Ein Blick auf mein Außenthermometer sagte mir, daß es minus zehn Grad hatte. Ziemlich normal für einen Februartag in Wien.

Ich setzte mich wieder hin und überlegte, womit

ich den heutigen Abend verschwenden sollte: Kino, Fernsehen oder mich betrinken. Am besten eine Kombination aus eins und drei.

Ich wühlte in einem Stapel Zeitschriften herum, kämpfte mich durch meterhohe Stöße irgendwelcher Fotomagazine, deren Eintönigkeit ab und zu mal durch ein altes »Playboy«-Heft unterbrochen wurde, und fand schließlich den »Falter«, die Stadtzeitung von Wien, die auch schon mal bessere Artikel und Verkaufszahlen gesehen hatte. Das Kinoprogramm bestand aus einer homogenen Mischung Hollywoodscheiße, Wiederholungen uralter Schinken, die unter dem euphemistischen Namen *Retrospektive* liefen, und ausländischen Experimentalfilmen mit ausgeprägtem Symbolcharakter. So ausgeprägt, daß im Kinoprogramm extra darauf hingewiesen wurde, weil man es sonst übersah. Den einzigen Lichtblick bildete Abel Ferraras *Snake Eyes* mit Harvey Keitel und Madonna in den Hauptrollen. Lief um zweiundzwanzig Uhr im *Erika*. Gut. Bestand zumindest keine Gefahr einer Invasion von Volksschülern, die ihre ersten Fummeleien ausprobierten. Ich rief sicherheitshalber im Kino an und reservierte mir eine Karte.

Von irgendeinem blödsinnigen Impuls getrieben ging ich zum Bett und schaltete das Radio ein. Ein Politiker kämpfte gerade gegen die Tücken der deutschen Grammatik und enervierte seinen Interviewer hörbar. Nach zwei Minuten hatte ich die Schnauze voll von dem Gestammel und zog den Stecker. Ich schnappte mir wieder mein Buch, legte mich unter die Decke und verbrachte die nächsten zwei Stunden damit, meine Bildungslücken hinsichtlich harter Kriminalromane auszufüllen. Gegen halb sieben, ich hatte *Do-*

ra Suarez gerade fertiggelesen, wurde es Zeit, mich um mein körperliches Wohlbefinden zu sorgen. Ich durchforstete meinen Kühlschrank, teilte den Inhalt in GERADE NOCH GENIESSBAR und ABLAUFDATUM MINDESTENS UM EINEN MONAT ÜBERSCHRITTEN und blieb schließlich bei einer Packung tiefgefrorenen Spinats hängen, den ich mit einiger Mühe aus dem defekten Tiefkühlfach kratzte. Ein paar Vitamine und Mineralstoffe konnten mir bestimmt nicht schaden. Zufällig warf ich einen Blick auf die Liste der Zusatzstoffe; das Ding war länger als die Beine von Claudia Schiffer. Als ich die Packung wieder umdrehte, las ich den poppigen grünweißen Schriftzug REINES NATURPRODUKT. Naturprodukt! Das Zeug war ungefähr so natürlich wie der Vorbau von Brigitte Nielsen, aber in Ermangelung eßbarer Alternativen taute ich schließlich den grünlichen Klumpen Chemienatur auf, machte ihn warm und schlang ihn mit Todesverachtung runter. Mein zweiter Vorname war schließlich Eisenmagen.

Ich unterdrückte den Drang, den Fernseher einzuschalten, ohne die geringsten Schwierigkeiten, zündete mir eine Kippe an und blätterte in ein paar alten Wichsheftchen herum, die allesamt gähnend langweilig waren. Ein kurzer Blick auf meine Uhr; noch mehr als zwei Stunden totzuschlagen.

Ich drückte meine achte Kippe aus, stand auf und ging rüber zur Stereoanlage. Ganz entgegen dem laufenden Trend halte ich weiterhin den guten alten Schallplatten die Stange. Ich stöberte ein bißchen in den drei Obstkisten und entschied mich schließlich für die erste LP von *Unsane*. Das Cover zeigte ein Foto eines Selbstmörders, der sich vor eine Straßenbahn geworfen hatte; offensichtlich mit Erfolg. Der Kopf lag ungefähr zehn Zentimeter über dem, was einmal ein Hals gewesen war und schwamm in einer Lacke hellroten Blutes. Nichts für schwache Nerven.

Ich hörte mir die Platte zweimal hintereinander an, eine Stunde und zwanzig Minuten waren vergangen, und wechselte dann über zu *Killdozer*. Wieder am Fenster stehend, rauchte ich ein paar Zigaretten und beobachtete die Wolkenfetzen, die im verschmierten Licht der Laternen scheinbar zur Musik tanzten.

Neun Uhr zehn. Eigentlich noch viel zu früh, um zu gehen, aber mir fiel ums Verrecken nichts mehr ein, was ich noch hätte machen können, außer mich tödlich zu langweilen, also zog ich mir die Hälfte des Kleiderschranks an, um gegen die Saukälte gewappnet zu sein, und machte mich auf den Weg zur Straßenbahnhaltestelle; eine Odyssee von genau zwei Minuten bei Gegenwind. Wie als Zeichen der Existenz himmlischer Kräfte erschien die Straßenbahn genau in dem Moment, in dem ich im Geiste schon die Nummer der Erfrierungsabteilung des Krankenhauses rausgesucht hatte. Ich quetschte mich in den vollen Wagen und durfte den Geruch muffiger Pelzmäntel und feuchter Lodenmäntel inhalieren, sehr zur Freude meiner Lunge. Vor mir stand ein Mann, der heftig vor sich hin keuchte und dabei einen Mundgeruch verströmte, der direkt aus der hintersten Ecke seiner schlechten Verdauung zu kommen schien. Ein echter Härtetest.

Der Rest der Fahrgäste war auch nicht eben ein Blickfang. Die meisten Leute sahen aus, als wäre ihr bisher aufregendstes Erlebnis eine Fahrscheinkontrolle gewesen; anschließend waren sie zu ihrem fernöstlichen Guru oder Beichtvater ihres Vertrauens gerannt und hatten sich über die Tentakel der Staatsgewalt ausgeheult.

Nach einer knapp fünfminütigen holprigen Fahrt stieg ich in der Kaiserstraße aus und marschierte durch die eisige Kälte einer Februarnacht Richtung *Erika-Kino.* Außer mir war kein Mensch auf der Straße.

Ich riß die alte, leicht klemmende Schwingtür auf, suchte kurz den Kartenschalter, der sich jetzt, da es sich um eine Spätvorstellung handelte, den Platz mit dem Süßigkeitsstand teilen mußte, holte meine Karte ab und ließ mich halb erfroren auf eine der schmutzig-orangen Bänke fallen. Mit steifen Fingern knöpfte ich meinen Mantel auf, zerrte mir den Schal vom Hals und blies ein paar Mal auf meine roten Hände. Langsam wurde mir wärmer.

Ich lehnte mich entspannt zurück und schaute mich ein bißchen im Vorsaal um. Außer mir waren nur noch zwei junge Frauen, oder alte Mädchen, je nachdem, zu sehen, die ihre zurechtgeschminkten und -frisierten Gesichter zusammensteckten, um in leisem Plauderton über die neueste Madonna-CD zu diskutieren. Es war einfach abstoßend! Ich stand auf und studierte die uralten Plakate, die ungefähr aus der gleichen Zeit zu stammen schienen wie die Tapete, deren Design man entweder als frühe Hippiescheiße bezeichnen konnte oder als billigen Sechziger-und-siebziger-Jahre-Eklektizismusabklatsch, der in den Neunzigern wieder so modern zu sein schien, je nachdem, wie alt man war und inwieweit man sich vom herrschenden Modediktat beeinflussen ließ.

Nach zehn Minuten hatte ich alle Plakate gründlich

studiert und ging kurz nach draußen, um zu rauchen. Es standen zwar überall Aschenbecher herum, deren symbolische Einladung, dem kanzerogenen Laster zu frönen, unübersehbar war, diese wurde jedoch durch die zahlreichen RAUCHEN VERBOTEN-Schilder wieder aufgehoben. Ich schlug den Mantelkragen hoch, um die Angriffsfläche des eisigen Windes ein bißchen zu verringern, zündete mir eine Zigarette an und parkte sie im linken Mundwinkel. So konnte ich gleichzeitig meinem Lungenkrebs zu einem fortgeschrittenen Stadium verhelfen und meine Hände vor Erfrierungen bewahren.

Als ich den Rauch in langen, gleichmäßigen Zügen inhalierte und ein paar Schritte auf und ab ging, um eine Blutgerinnung zu verhindern, las ich einen Artikel aus der »Kronen Zeitung«, der ausgeschnitten und anschließend in die Auslage des Kinos gehängt worden war. Die Überschrift lautete ÄLTESTES KINO ÖSTERREICHS und bezog sich auf, na was wohl, das *Erika-Kino*. Wenn ich mir die Fassade so betrachtete, eine gänzlich unnötige und nicht gerade rühmliche Werbung.

Um viertel vor zehn, ich war in der Zwischenzeit noch zweimal draußen in der Kälte gewesen, um meinem Laster zu frönen, wurde endlich der Kinosaal aufgesperrt. Da freie Platzwahl herrschte, drängte ich mich mittels Ellbogen und einiger chauvinistischer Sprüche, die ich für solche Anlässe immer parat hatte, am Rest der inzwischen angeschwollenen Menschenmenge vorbei und setzte mich in die letzte Reihe in die Mitte. Ich hatte wirklich keine Lust, den geltriefenden Hinterkopf irgendeines Studentenbubis zwei Stunden lang anzustarren.

Allerdings hatte ich mich zu früh gefreut. Unmittelbar vor mir, präziser formuliert, genau eine verdammte Reihe, saßen drei Typen, die mir schon vorher durch ihre kindischen Bierdosen und ihre penetranten Stimmen unangenehm aufgefallen waren. Sie lachten ungefähr alle drei Sekunden, stießen sich gegenseitig die Ellbogen in ihre fetten Wänste und stopften sich Popcorn ins Gesicht. Im ganzen Streifen gab es nicht eine einzige lustige Szene, dennoch schwirrte das kichernde Geschnatter der drei Zombies die ganze Zeit über den Köpfen der anderen Zuseher. Die drei Pfeifen gehörten zu der Sorte Kinogeher, die glaubt, jede Kameraeinstellung und jeden einzelnen Beistrich in einer Dialogzeile ausführlich und mit Zimmerlautstärke kommentieren zu müssen. Ich beugte mich vor, klopfte dem mittleren mit den Knöcheln meiner rechten Faust einmal kräftig auf den Schädel und brummte ihm ins Ohr, er solle endlich seine verdammte Schnauze halten. Der Typ drehte sich wie von der Tarantel gestochen um und wollte gerade einen markigen Spruch loswerden, als er bemerkte, daß ich wahrscheinlich älter als alle drei zusammen samt ihren kleinen Schwestern war, und es bleiben ließ. Die restlichen zwei Drittel des Films konnte ich in angenehmer und angemessener Ruhe genießen.

Als ich mir kurz vor zwölf den Weg zum Ausgang bahnte, rempelte mich ein Typ mit kurzen blonden Haaren, bis zum Kinn runtergezogenen Koteletten und schwarzen Lederklamotten an. Da er sich sofort entschuldigte, ließ ich es gut sein. Außerdem war er gut zehn Kilo schwerer als ich. Ich stand draußen vor dem Eingang und zündete mir eben meine Nach-dem-Kino-Zigarette an, als der Blonde zu mir herkam und mich um eine Kippe anschnorrte. Wer war ich, die Caritas vielleicht? Aber was sollte es, ich rauchte ohnehin zuviel, also gab ich ihm meine vorletzte und zündete sie ihm sogar noch an. Rauchen tat er sie selbst.

»Ziemliche Arschlöcher, die drei in der zweitletzten Reihe, nicht?« fragte er.

»Kann man wohl sagen. Denen sollte man den Einlaß verbieten. Ein Schild an die Tür hängen: KEIN EINLASS FÜR IDIOTEN! Aber wahrscheinlich sind diese Typen so dämlich, daß sie sich nicht einmal angesprochen fühlen würden.«

Der Blonde nahm ein paar tiefe Züge an seiner, genauer gesagt meiner, Zigarette und sagte dann: »Verdammt kalt hier draußen, findest du nicht? Was dagegen, wenn wir irgendwo hingehen, wo es ein bißchen wärmer ist?«

Ich hatte nichts dagegen. Schließlich war heute Samstag abend, nein, Samstag nacht.

Der Blonde lief vor zur Westbahnstraße und gabelte ein Taxi auf. Als wir es uns in den weichen Polstern bequem gemacht hatten, fragte mich der Blonde, ob ich auch so einen tierischen Hunger hätte, und ich nickte. Den Chemiespinatbrocken heute nachmittag konnte mal wohl nur sehr euphemistisch als Nahrung bezeichnen.

»Kennst du irgendein Lokal in der Nähe, in dem man um diese Zeit noch etwas zu essen bekommt?«

»Nein, keine Ahnung, ich geh' nicht oft essen«, sagte ich.

»Nur ein paar hundert Meter weiter vorne gibt es einen Schuppen, der sich *Nil* nennt«, schaltete sich der Taxifahrer ein, der offensichtlich nicht kapierte, daß er sich mit dieser Information um eine reichere finanzielle Ausbeute brachte. Nicht einmal Hilfsbereitschaft wurde in diesen Zeiten noch belohnt.

»Da gibt es auch was zu essen«, fuhr er fort.

»Auch noch um diese Zeit?«

»Ja, ich glaub' schon. Ich geh' da manchmal hin, wenn meine Schicht zu Ende ist, nie vor zwei in der Nacht, und ich hab' bisher jedesmal noch was Warmes bekommen.«

»Okay, fahr los«, sagte der Blonde.

Der Taxifahrer startete seinen röhrenden und hustenden Diesel, schaltete in den zweiten und dritten Gang und bremste auch schon wieder ab. Wir waren da. Der Blonde streckte seine rechte Hand, die einen Hunderter umklammerte, nach vor. Der Schein verschwand in Sekundenschnelle, und an seine Stelle trat das breite Grinsen des Taxlers.

»Macht's gut, ihr beiden!«

Wir stiegen aus, sahen dem davonrauschenden Mercedes nach und gingen ins Lokal hinein. Die meisten der kleinen, schmucklosen Tische waren leer, also entschieden wir uns für den am weitest hinten liegenden. Da hatte man wenigstens seine Ruhe. Wir zogen beide unsere Mäntel aus, hängten sie über die Stuhllehnen und warteten auf den Kellner, der auch nach wenigen Sekunden auftauchte.

»Gibt es noch irgendetwas Warmes zu essen?« wollte ich wissen.

Der Kellner zog kurz seine Stirn in Falten, raschelte ein wenig mit seinem Bestellblöckchen herum und murmelte dann irgendein Wort, das so ähnlich wie *Steak* klang.

Der Blonde und ich schauten uns kurz an, nickten

und bestellten zweimal *Steak obscure* mit Kartoffeln und Salat.

Als wir uns beide mit unseren *Sargnägeln* vergnügten, fragte ich den Blonden: »Wie heißt du eigentlich?«

Der Blonde schickte einen Rauchring an die Decke und sagte: »Stefan.«

Stefan, na ja, auch nicht gerade ein Name in der Robert-Redford-Kategorie, aber auch nicht schlimmer als Laurenz.

Ich nahm seinen fragenden Blick zum Anlaß, mich als Enzo vorzustellen, und riet ihm auch gleich dringendst davon ab, mich Laurenz oder so ähnlich zu nennen, falls er es sich mit mir nicht verderben wollte.

Stefan schaute mich einen Augenblick lang belustigt an und sagte dann: »Die Idee deiner Mutter, nicht wahr?«

»Du sagst es.« Ich zuckte die Achseln. »Aber was willst du machen? Zur Namensänderung fehlte mir immer die Energie. Außerdem läßt es sich mit Enzo ganz gut leben.«

Nach einer Weile brachte der Kellner mit der undeutlichen Aussprache unser Essen. Wir drückten die Kippen in einem verzierten Glasaschenbecher aus und machten uns über das Fleisch her. Es sah aus, als hätte man es drei Sekunden lang zwischen zwei brennende Glühbirnen gehalten. Ich wartete nur noch darauf, daß es anfing zu muhen. Nichtsdestotrotz schmeckte es angesichts der Erinnerung an mein frugales Nachmittagsmahl ganz ausgezeichnet.

Als ich das letzte Salatblatt mit einem großzügigen Schluck Bier runtergespült hatte, lehnte ich mich zurück und machte den Gürtel zwei Löcher weiter. Die Tür ging auf und wehte neben einem eisigen Luftzug auch noch eine Horde Chinesen oder Japaner ins Lokal. Ich sondierte sofort die Lage und entdeckte zu meiner Freude zwei knackig aussehende Vertreterinnen des asiatischen Erdteils, die zu alledem auch noch ohne feste männliche Begleitung zu sein schienen. Ich warf Stefan einen konspirativen Blick zu, erntete jedoch nur einen Rauchkringel, der zielsicher auf meine Nase zuschwebte.

»Was ist, willst du nicht auch dein Glück versuchen?« fragte ich und stieß ihm zur Bekräftigung meinen Fuß in die Weichteile. Stefan zuckte kurz zusammen, verschluckte sich an seiner Zigarette, hustete ausgiebig und signalisierte mir mit einer ausgeprägten Hin- und Herbewegung seines Kopfes, daß er paßte. Was sollte es, blieb eben mehr Auswahl für mich übrig.

Ich stand auf, strich mir die Haare aus dem Gesicht, zupfte ein bißchen an meinen Klamotten herum und marschierte mit entspanntem, aber nicht *zu* lässigem Schritt zu den beiden einsam dastehenden Chinesinnen/Japanerinnen. Ich lehnte mich an die Theke, deren vernarbtes Holz unzählige Geschichten erzählen könnte, wenn diese Geschichten nicht allesamt gleich wären und so langweilig, daß niemand sie hören möchte, steckte mir eine frische Zigarette ins Gesicht und bestellte ein Bier. Einen kurzen Augenblick lang spielte ich in Gedanken mit einem Whiskey, aber eine innere Stimme riet mir, es nicht zu übertreiben.

Die beiden Ladies bemerkten mich nach ein paar Minuten, was kein Wunder war, ich hatte sie schließlich die ganze Zeit über angestarrt. Die linke, die, die näher bei mir stand, drehte sich schließlich um, grinste mich an und kicherte dann irgendetwas Unverständliches zu ihrer Freundin. Ich wollte gerade einen meiner berüchtigt originellen Anbaggersprüche vom Stapel lassen, als ich eine Hand auf meiner Schulter spürte. Ich drehte mich mit einem breiten Lächeln auf dem Gesicht um, das mir alsbald gefror, denn hinter mir stand nicht wie erwartet Stefan, der sich nun doch beteiligen wollte, sondern ein ungefähr ein Meter fünfzig kleiner Asiate mit einer Kochmütze auf seinem kleinen Gnomenschädel und einem Hackmesser in der rechten Hand. Als ich diese Erscheinung richtig registriert hatte, taute mein Lächeln wieder auf und schwang sich in ganz neue Höhen der Heiterkeit empor. Der Typ sah aus wie eine Karikatur eines chinesischen Comic-Kochs. Er riß seinen kleinen verkniffenen Mund auf und bedachte mich mit einem unverständlichen Wortschwall, der alles andere als freundlich klang. Ich zuckte die Achseln, um ihm zu verstehen zu geben, daß ich kein Wort verstanden hatte, als sich eine der beiden Ladies über meine Schulter beugte (sie hatte offensichtlich ziemlich hohe Stöckelschuhe an) und mir ins Ohr raunte: »Er hat gesagt, du sollst uns in Ruhe lassen, sonst bricht er dir alle Knochen.«

Ich drehte mich um und fragte: »Was geht das diesen Hampelmann an, wenn ich euch ein bißchen näher kennenlernen möchte?«

»Dieser Hampelmann ist zufällig unser Vater«, sie deutete auf sich und die andere Lady, »und kann außerdem Karate. Ich würde also seine Warnung ernst nehmen!«

Der Hampelmann und Karate! Das klang ja schon fast wie eine Kottan-Episode. Ich hing noch kurz diesem Gedanken nach, als ich plötzlich einen höllischen Schmerz in meinem rechten Knie spürte. Mit viel Mühe konnte ich mich an der Bar festhalten und schaffte es, nicht ohnmächtig zu werden, als der Karatechamp ein zweites Mal zuschlug, diesmal in meinen Magen. Ich würgte kurz und kotzte mein eben genossenes Essen auf die Schuhe von Bruce Lee sen. Der Champ machte einen Satz nach hinten und fing wieder mit seiner Schimpfkanonade an. Jetzt reichte es aber! Die Ladies, mein rechtes Knie und das Essen im Eimer, das war genug. Während der Comic-Koch noch ganz auf seine sicherlich unflätigen Verbalattakken konzentriert war, richtete ich mich auf und donnerte dem Gnom meine geballte rechte Faust, die mein Feuerzeug umklammert hielt (ich wollte mir zu allem Überfluß nicht auch noch die Finger brechen) ins Gesicht. Der Redefluß des Koches versiegte so schnell wie Wasser nach einem Rohrbruch in der Wüste. Den Grund sah ich zwei Sekunden später: Sein Gebiß hing am äußersten Ende eines Hirschgeweihs, das sich aus unerfindlichen Gründen über dem Barspiegel befand. Plötzlich spürte ich vier Arme auf meinem Rücken und dann eine Hand, die mich an der Schulter packte und nach draußen zerrte.

Auf der Straße schüttelte Stefan seinen blonden Kopf und fragte: »Was ist denn in dich gefahren? Willst du unbedingt als Hauptspeise eines chinesischen Menüs enden?«

Ich wischte mir den Gallenschleim aus dem Mundwinkel, betastete vorsichtig mein rechtes Knie und sagte: »Machen wir, daß wir wegkommen, denn ich nehme nicht an, daß du bezahlt hast, oder?«

Stefan grinste spitzbübisch und meinte: »Na ja, du

hast ja auch nicht allzuviel gehabt von deinem Essen.«

Trotz der Tatsache, daß wir unsere Mäntel bei unserem fluchtartigen Verlassen dieses gemeingefährlichen gastronomischen Tempels zurücklassen mußten, fror ich, zumindest vorerst, nicht allzu sehr. Als Nebeneffekt des vorhin erfahrenen Adrenalinstoßes stellte sich ein diffuses Wärmegefühl ein, dem ich allerdings kein langes Leben in Rechnung stellte.

»Sehen wir lieber zu, daß wir so schnell wie möglich ins Warme kommen«, formulierte Stefan meinen Gedanken, »bevor wir als Tiefkühlkost enden.« Diesmal verzichteten wir auf ein Taxi und gingen die paar Meter zum *Nachtasyl* zu Fuß. Mein lädiertes Knie fühlte sich ziemlich taub an, weshalb sich die Schmerzen in Grenzen hielten. Ich humpelte hinter Stefan die steilen Stufen hinunter, rätselte kurz, welche der beiden Türen heute wohl als Eingang diente, erwischte auf Anhieb die richtige, teilte die dichten Rauchschwaden und suchte mir einen Tisch. Stefan war inzwischen zur Bar vorgegangen und kam mit zwei Flaschen Budweiser wieder zurück. Er war offensichtlich schon mal hier gewesen, da er nicht den kulinarischen Fehler beging, ein offenes Bier zu bestellen, das absolut ungenießbar war.

Das *Nachtasyl* war, wie man in Wien so schön sagte, sehr tief, was bedeutet, daß sich das Publikum zum Großteil aus Punks, Pennern, Neo-und-Museumshippies und ein paar aufgemotzten Tussis und Mackern zusammensetzte, die mal ein bißchen Dschungelluft schnuppern wollten. Die Bierpreise waren okay, die Einrichtung, ein paar Holzbänke und Tische, schon derart verschandelt, daß ein paar weitere Brandlöcher nicht weiter auffielen (für den Fall, daß man sich langweilte und einem nichts Besseres einfiel), die Musik zum größten Teil ein Genuß für ansonsten hitparadenmüllgeschädigte Ohren und das allgemeine Klima ziemlich entspannt.

Ich nahm einen erfrischenden Schluck Bier, fütterte meinen wachsenden Lungenkrebs mit einer weiteren Zigarette und bot Stefan ebenfalls eine an. Kurz zuckte seine rechte Hand nach vor, dann schüttelte er den Kopf und sagte: »Nein danke. Ich hab' heute sowieso schon zuviel geraucht. Eigentlich kann ich das Kraut gar nicht ausstehen, aber alle paar Monate überkommt mich so ein Drang, und da halte ich es nicht mehr aus und paffe einen Abend lang, was das Zeug hält, und habe anschließend wieder drei Monate was zum Bereuen. Meine ganz private Heilslehre sozusagen.«

Ich überließ Stefan kurz seinen philoreligiösen Überlegungen und fragte dann: »Wieso wolltest du eigentlich vorhin im *Nil* nicht auch ein bißchen rumbaggern? Bist du einer von der schüchternen Sorte?«

Stefan verzog seinen Mund zu einem breiten Grinsen, kicherte leise in seinen bildlichen Bart und sagte dann: »Nein«, Kichern, »das kann man absolut nicht sagen.«

»Was ist denn daran so witzig?«

Stefan hörte kurz auf mit seiner Lacherei, schaute mir ins Gesicht und sagte: »Ich bin schwul. Homosexuell. Anders rum. Verkehrt.«

Ich winkte ab. »Ich versteh schon, es reicht.«

»Und, schockiert?«

»Nein, wieso denn? Von mir aus kann jeder bumsen mit wem oder was er will, ausgenommen kleine Kinder und minderjährige Hunde.«

Stefan lachte wieder und fuhr sich mit der Hand über die Haare.

»Ich nehme an, bei schwulen Pärchen läuft es auch nicht viel anders ab als bei Heteros, oder irre ich mich da?« hakte ich nach.

Stefan gähnte kurz, machte eine resignierende Handbewegung und sagte: »Ach was, es ist doch immer dasselbe. Im Moment habe ich ein Verhältnis mit einem ziemlich alten Typen in gehobener Position – wenn ich dir seinen Namen nennen würde, würdest du es nicht glauben –, und, na ja, er will, daß wir uns trennen, und zwar für immer. Will alle Briefe zurück, die er mir geschrieben hat, alle Geschenke, die er mir gemacht hat, und so weiter. Unsere ganze Beziehung einfach auslöschen, als ob es sie nie gegeben hätte, verstehst du? Na ja, das macht mir im Moment ziemlich zu schaffen.«

Ich murmelte irgendwas daher, von wegen Scheiße und tut mir leid, und starrte dann demonstrativ auf die eingerissenen Konzertplakate hinter Stefans Rükken. Damit war dieses Thema vorerst erledigt.

Ein bärtiger Typ mit einem wilden Lockenkopf, einem schlabberigen grauen Pullover, der mit einem surrealistisch anmutenden Muster aus Brandlöchern verziert war, und einer Jeans in den Farben der USA, ging von Tisch zu Tisch und wollte irgendwelche obskuren Anarchistenkalender verhökern, ohne allzuviel Erfolg, wenn man sein Geschimpfe als Indikator nehmen konnte. Auch unseren Tisch beehrte er mit seiner Anwesenheit und pries die Vorzüge der Kalender, deren Titelblatt mit dem Spruch GEGEN ALLES! gekrönt war. Ein wahrhaft nihilistischer Bote des nicht mehr ganz so neuen Jahres.

»Welcher Idiot kauft sich denn Ende Februar noch einen Kalender?« fragte Stefan den Bärtigen. »Ich hab' ungefähr drei Bank-, vier Lebensmittel- und einen Autohändler-Kalender zu Hause. Reinstes Altpapierfutter.«

Als der Bärtige in seiner unnachahmlichen Art, er schlug sich die flache Hand auf die Stirn, begriff, daß wir seinen Schrott nicht wollten, versuchte er uns zumindest eine Zigarette, ein paar Schillinge oder einen Schluck Bier zu entlocken; am liebsten alles zusammen. Langsam ging uns dieser Alexis Sorbas-Abklatsch auf die Eier.

»Hau endlich ab und geh jemand anderem auf die Nerven!« sagte Stefan und legte einen beträchtlichen Hauch Friedhofswind in seine Stimme. Das wirkte. Sorbas jun. raffte seine syphilitischen Kalender zusammen, schickte einen undeutlichen Fluch gen Himmel, respektive Decke, und schlenderte zum nächsten Tisch.

Wir blieben noch gut zwei Stunden dort sitzen und füllten uns langsam, aber gleichmäßig mit Budweiser ab. Kurz vor vier, als die *Sperrstunde*-Rufe nur noch gleichgültige Nichtbeachtung bei den größtenteils an- oder betrunkenen Sitzern, Tänzern und Liegern hervorriefen, hievten wir uns mit einiger Mühe von unseren Stühlen hoch und wankten Richtung Ausgang.

»Ich glaube nicht, daß ich es noch bis zu mir nach Hause schaffe, vor allem nicht ohne Mantel«, sagte ich schweratmend zu Stefan.

»Kein Problem. Du kannst bei mir pennen. Ich wohn' gleich da vorne.« Er deutete unbestimmt die Straße entlang.

Uns gegenseitig abstützend, erreichten wir Stefans

Bude, die ungefähr dreißig Meter unterhalb des *Nachtasyls* lag, in der Rekordzeit von knapp vierzehneinhalb Minuten, kurze Rekreationspausen miteingerechnet. Wir schleppten uns die beiden Treppenabsätze hoch, ruinierten beinahe das Schloß in unserem dilettantischen Bemühen, die Wohnungstür mittels Stefans Fahrradschlüssel aufzubekommen, und landeten nach weiteren nervenaufreibenden zehn Minuten unbeschadet auf einem Stapel Altpapier in Stefans Vorzimmer.

Wir rappelten uns auf, Stefan fand wider Erwarten gleich auf Anhieb den Lichtschalter, und wie von Zauberhand erstrahlte plötzlich alles in einem hellen Glanz. In meiner Alkoholumnebelung wähnte ich mich kurz in himmlischen Gefilden, aus denen mich Stefan mit der Warnung: »Ich glaub', ich muß gleich kotzen!« wieder herausriß, worauf er stolpernden Schritts im Klo verschwand.

Ich lauschte kurz seiner geräuschvollen Magenentladungsorgie und suchte dann das Wohn/Schlafzimmer, was kein größeres Problem darstellte, da es nur ein Zimmer gab. Ich schaltete die Nachttischlampe ein, zerrte die Stiefel von meinen Füßen und ließ mich aufs Bett fallen.

Ich war schon fast eingeschlafen, als sich Stefan neben mich legte.

»Ich hoffe, ich muß mir keinen Korken in den Arsch stecken«, sagte ich.

Stille.

»Sollte ein Scherz sein«.

»War extrem witzig«, meinte Stefan, drehte sich um und fing an zu schnarchen.

Gegen zwei Uhr nachmittags wachte ich mit einem Schädel auf, in dem barbarische Krieger irgendwelche Schlachten auszufechten schienen. Ein einziges Stechen und Ziehen, Glühen und Brennen, Reißen und Zerren. Mit diesem Schädel hatte ich für den Rest meines Lebens alle Sünden abgebüßt.

Ich wälzte mich auf den Rücken und verdrehte die Augen, um zu schauen, ob es Stefan ähnlich erging, aber außer einem Haufen zerwühlten Bettzeugs sah ich nichts. Dafür hörte ich eine Stimme, die fröhliche Weisen vor sich hin trällerte und deren Besitzer offensichtlich dabei war, Kaffee zu machen. Eine ausgezeichnete Idee.

Knapp zwanzig Minuten später, ich war geduscht, rasiert und hatte mir mit Stefans Zahnbürste meine Beißer geputzt, fühlte ich mich wieder halbwegs lebendig. Zumindest das Schmerzempfinden, was helles Licht und schrille Töne anbelangte, funktionierte hervorragend. Ich fischte eine zerknitterte Zigarettenschachtel aus meiner Hemdtasche, steckte mir eine Kippe ins Gesicht und wollte sie eben anzünden, als Gott persönlich, oder zumindest jemand, der über eine ähnlich schnelle Hand verfügte, mir den Glimmstengel aus dem Mund riß.

»Wie du sicher schon bemerkt hast, gibt es hier nirgendwo Aschenbecher«, sagte nicht Gott sondern Stefan, »aus dem ganz einfachen Grund, weil hier nämlich niemand raucht! Klar?«

Natürlich. War ich bescheuert?

Ich steckte also die Zigarette zurück in ihre verknautschte Wohnung und goß mir noch eine Tasse glühendheißen Kaffee in den Schlund. Dann lehnte ich mich zurück, nahm einen Bleistift, der neben einer auf der Kreuzwortseite aufgeschlagenen Zeitung lag, und saugte und biß daran herum. Irgendeine Ersatzbefriedigung brauchte ich schließlich.

»Hast du zufällig irgendwo einen alten, gammligen Bleistift gesehen?« rief Stefan aus dem Bad. »Den brauch' ich nämlich, um den verstopften Abfluß wieder sauber zu bekommen. Ich mach' das immer so.«

Ich spuckte den Bleistift aus, rannte zum Wasserhahn, spülte mir den Mund aus, rannte zurück zum Tisch und tötete die restlichen Bakterien mit einer weiteren Tasse Kaffee ab.

Stefan stand im Türrahmen, eine Hand in der Hosentasche, die andere hinter seinem Kopf, grinste und sagte: »Kleiner Scherz. Als Revanche für heute nacht.«

Ha, ha, äußerst witzig!

»Ich glaube, es wird langsam Zeit für mich zu gehen.«

»Du bist doch nicht etwa eingeschnappt, oder?« fragte Stefan.

»Nein, verdammt! Ich bin nicht eingeschnappt. Ich geh' nach Hause, hau' mich noch ein bißchen aufs Ohr und kämpfe mit dem Fernsehprogramm.« Ich ging ins Wohn/Schlafzimmer, suchte meine Stiefel, setzte mich aufs Bett und schnürte sie zu.

»Schon mal dabeigewesen?« fragte ich und deutete auf ein riesiges Plakat der Schwulenbewegung *Act Up!*, das eine Demo in San Francisco, dem Schwulenmekka, darstellte.

»Ja, einmal. Vor zwei Jahren. Da hatte ich gerade mein Coming-out hinter mir. War ziemlich hart. Die meisten meiner damaligen Freunde konnten es nicht fassen, daß ich nichts mit Frauen anfangen konnte, sexuell meine ich, und wollten nichts mehr mit mir zu tun haben. Mit meinen Eltern dasselbe in Blau. Irgendwann mal hatte ich die Schnauze voll, plünderte mein Konto, buchte den erstbesten Flug nach Frisco und düste runter. Das war genau eine Woche vor der Demo. Ich sag' dir, da war vielleicht was los!« Er machte eine Pause und schaute einen Moment lang auf das Poster. »Ich bin fast drei Monate unten geblieben. Dann fühlte ich mich stark genug, um wieder hierher zurückkehren zu können.«

Ich verknotete den Bändel an meinem linken Schuh und stand auf.

»Hast du vielleicht eine Jacke oder einen Mantel, den du im Moment nicht brauchst?« fragte ich. Stefan nickte, verschwand kurz ins Vorzimmer und kam mit einem alten, oft geflickten Armeeparka zurück.

»Sieht nicht besonders schick aus, ist aber ziemlich warm.«

»Der ist schon in Ordnung«, sagte ich. »Ich bring', ihn dir diese Woche wieder zurück. Ach ja, deine Telefonnummer. Hätte ich beinah' vergessen.«

Stefan riß einen Streifen von der Zeitung ab und schmierte seine Nummer drauf. Nachdem ich dasselbe mit meiner getan hatte, sperrte er die Tür auf und ließ mich raus.

»Bis bald.«

»Sicher.«

Auf der Straße traf mich der eisige Wind wie ein gefrorener Keulenschlag. Ich stülpte mir die Kapuze des Parkas über den Kopf, obwohl ich wußte, daß ich damit ziemlich dämlich aussah, und trottete vor zur Haltestelle der U3 am Westbahnhof. Als ich so auf die U-Bahn wartete, dachte ich über den gestrigen Abend nach. Es war schon komisch, die interessantesten Leute traf man immer dann, wenn man es am wenigsten erwartete. Ich freute mich schon auf das nächste Treffen mit Stefan. Damals ahnte ich allerdings noch nicht, unter welchen Umständen dieses Wiedersehen stattfinden würde. Zum Glück.

VIERTES KAPITEL

»Was ist denn mit Ihnen los, Breitmaier, haben Sie übers Wochenende auf einer Parkbank geschlafen?« Huber bedachte Glitzermann mit einem breiten Grinsen. »Aber zumindest sind Sie wieder mal pünktlich. Kommen Sie!«

Ich stand vor einem Horrorszenario beinahe apokalyptischen Ausmaßes: Huber lag in seinem protzigen Sessel wie ein Stück geschmolzener ranziger Käse und verpestete die parfümgeschwängerte Luft mit einer seiner Zigarren, hinter ihm stand Glitzermann lässig ans Fensterbrett gelehnt, ein grellgrünes Sakko in der Ellbogenbeuge und dazu karierte Hosen, wie sie seit dem Godard-Remake *Atemlos* mit Richard Gere kein Mensch mit dem Hauch einer Ahnung von Geschmack mehr getragen hatte, und zu allem Überfluß bot mir auch noch Frau Eisenhut eine Kostprobe ihres unnachahmlichen saueren Gesichtsausdruckes. Sozusagen als subtile Requisiten dümpelten noch ein paar neue Ausgeburten gehirnkranker Fischzüchter in Hubers düsterem Aquarium herum, die nur darauf zu warten schienen, sich an menschlichen Leichenteilen zu mästen; möglichst noch frisch und blutig.

Ich folgte Hubers winkender Hand und setzte mich etwas unbehaglich auf einen dieser modernen Bürostühle, Hauptmerkmale teuer und unbequem.

»Tja Breitmaier, jetzt ist es soweit!« dröhnte Huber wieder los. »Der erste Fall für Sie, sozusagen. Gestern wurde wieder ein Köter, ich meine, ein armer Hund, Freund und Helfer des Menschen und so weiter, niedergemacht. Auf geradezu bestialische Weise abgeschlachtet!« Hubers Augen leuchteten. Glitzermanns Augen leuchteten. Frau Eisenhuts Augen, nein, leuchteten nicht, sondern tränten angesichts der miasmatischen Rauchschwaden von Hubers Zigarre.

»Laut Polizeibericht«, fuhr er fort, »den ich natürlich sofort bekommen habe, wurde der Hund, ein Dackel übrigens, zuerst mit einem harten Gegenstand, die Polizei vermutet eine Eisenstange oder einen Schlagstock oder was auch immer, niedergeschlagen und dann fein säuberlich aufgeschlitzt.« Hubers Augen leuchteten. Glitzermanns Augen, ach, das hatten wir schon ...

»Anschließend wurden dem armen Viech die Gedärme in den Mund gestopft ...«

Frau Eisenhut schien aus ihrer tränenden Trance aufzuwachen und fragte: »Hatten die denn alle Platz da drinnen?«

»Jetzt lassen Sie mich doch fertig erzählen, verdammt noch mal!« rief Huber. »Es ist doch vollkommen egal, ob sie dem Hund alle oder nur einen Teil der Gedärme in den Mund gestopft haben.«

»Nun, mit Verlaub, ich finde, das ist ganz und gar nicht egal«, beharrte Frau Eisenhut stur und zupfte mit gesenktem Blick an ihrem taubengrauen Rock herum. »Es geht hier um eine Frage des Prinzips.«

Huber kämpfte sich aus seinem Sessel hoch, starrte Frau Eisenhut eine Sekunde lang schweigend an, wandte dann seinen Blick ab, als er einsah, daß Frau Eisenhut die weitaus bessere Starrerin war, und schickte sie schließlich hinaus, um Kaffee zu machen.

Huber goß sich wieder in seinen Stuhl und fuhr fort: »Wo waren wir stehengeblieben, ach ja, bei den Gedärmen. Also, wie gesagt, hat man dem Hund die

Gedärme in den Mund gestopft und anschließend den ausgehöhlten Bauch mit«, wieder eine seiner berüchtigten dramaturgischen Pausen, »einem Kilo vergammeltem Hackfleisch, wie es sonst zur Hamburgerherstellung verwendet wird, vollgefüllt.«

»Das ist ja absolut ekelhaft!« sagte Glitzermann und grinste dabei von einem Ohr zum andern.

»Genau das ist es! Absolut ekelhaft und außerdem ein Verbrechen gegen die Menschlichkeit!« schwadronierte Huber. »Und genau aus diesem Grund will ich, daß Sie mir eine Reportage abliefern, die selbst Saddam Hussein das Fürchten lehrt, haben Sie verstanden Breitmaier?«

Ich nickte.

»Ich will Fotos dieser armen, gequälten Kreatur, und zwar in Farbe, und wehe, wenn man die Gedärme und das Blut nicht sieht! Auf geht's Breitmaier, das ist Ihre Feuertaufe! Enttäuschen Sie mich nicht!«

Er stand von seinem Stuhl auf und knallte mir seine fette, beringte Hand auf die Schulter. »Frau Eisenhut gibt Ihnen die Adresse, und dann nichts wie los, bevor diese widerlichen Schmierfinken von der Konkurrenz davon Wind bekommen! Das muß eine Exklusivstory werden, verstanden?«

Ich nickte nochmals.

Frau Eisenhut kramte kurz in ihrer umfangreichen Kartei und drückte mir schließlich einen Zettel mit der Adresse der unglücklichen Hundebesitzerin in die Hand. Grinzing. Heimstatt der Heurigenlokale und Villenbesitzer, für die ein Haus in der Provence den finanziellen Rahmen doch ein wenig überbeanspruchen würde. Ich zahlte Frau Eisenhuts Lächeln mit gleich saurer Münze zurück und machte mich auf den Weg.

Wider Erwarten fand ich den Fiesta gleich auf Anhieb, ohne den schon fast obligatorischen Strafzettel unter dem Scheibenwischer, kratzte ein Sichtloch von der Größe einer Zehnschillingmünze in die Eiskruste auf der Scheibe, schlängelte mich durch die Fußgänger und kam schließlich auf den Gürtel, dem ich bis Nußdorf folgte, und quälte dann den schwachen Motor des Fiestas die sanft geschwungene Steigung nach Grinzing hinauf.

Angesichts der Eiseskälte waren die Straßen beinahe menschenleer und wirkten wie die Kulisse eines Endzeitfilms. Ich kurvte ein bißchen herum, setzte mich mit den abgefahrenen Winterreifen öfter als einmal beinahe tödlichen Gefahren aus, wie zum Beispiel plötzlich über die Straße rennenden Hunden (na ja, zumindest ein paar lebten noch), und fand schließlich die angegebene Adresse.

Ich parkte den Fiesta direkt vor dem Haus auf dem Rasen, stieg aus, kontrollierte kurz meine Fotoausrüstung und drückte schließlich entschlossen die Klingel, die kurz darauf den Beginn irgendeines klassischen Musikstücks intonierte, von dem die meisten vor achtzehnhundertneunzig Geborenen annehmen, es gehöre zum Standardwissen jedes Menschen.

Ich lauschte kurz dieser üppigen Melodie, die bald vom Schlurfen abgetretener, aber dennoch tadellos geputzter Butlerschuhe unterbrochen wurde. Die Tür hatte sich mit einem solchem Schwung geöffnet, daß ich instinktiv einen Blick auf die Scharniere warf, die jedoch standhielten.

»Was wünschen der Herr?« fragte eine gelangweilte Stimme, die nur mittels Nasenhohlraum artikuliert zu werden schien.

»Ich bin von ›Voll Dran!‹, der Zeitung für die kleinen Bürger mit den großen Sorgen. Uns hat die Mitteilung erreicht, daß Ihr Hund gestern nacht Opfer eines grausamen Verbrechens geworden ist. Aus diesem Grund will ich eine Reportage machen, um die ganze Welt von dieser inhumanen Scheußlichkeit in Kenntnis zu setzen.« Wenn dieser Lackaffe gedacht hatte, er wäre hier der einzige, der geschwollen daherreden konnte, dann hatte ich es ihm aber ordentlich gezeigt.

Der Butler hüstelte sein diskretes Butlerhüsteln, tat einen Schritt zur Seite und bedeutete mir mit einer eleganten Handbewegung einzutreten. Ich klopfte mir die Schuhe pro forma ab und folgte dem Abbild englischer Zurückhaltung.

»Wenn der Herr hier zu warten belieben, die gnädige Frau wird jeden Moment kommen. Darf ich Ihnen in der Zwischenzeit etwas anbieten? Tee, Kaffee oder vielleicht einen Sherry?«

Sherry, pfui Teufel! In welchem Jahrhundert lebte der Typ eigentlich?

»Eine Tasse Kaffee wäre ganz nett«, sagte ich, »wenn es geht, möglichst stark.«

Ein Dienstmädchen kam nach einigen Minuten und servierte mir den Kaffee auf einem silbernen Tablett. Weder die hauchdünne Porzellantasse noch die massivsilberne Zuckerwürfelzange fehlten, ganz zu schweigen von der streng schwarzweißen Dienstkleidung des Mädchens. Ich fühlte mich wie ein lebender Anachronismus.

Ich süßte den dünnen Kaffee mit drei Stück Zukker, um ihm wenigstens irgendeinen identifizierbaren Geschmack abzuringen, zündete mir dann eine Zigarette an und lehnte mich zurück. Plötzlich vernahm ich am anderen Ende des Salons, oder wie auch immer der Butler diesen Raum bezeichnet hatte, Opernsaal wäre angesichts der Größe passender gewesen, ein Rascheln und Glitzern, und ein Haufen Seide und Gold rauschte herein.

»Junger Mann, machen Sie sofort diese unsägliche Zigarette aus oder Sie werden mich kennenlernen!« sagte der Glitzerhaufen und funkelte mich böse an.

Ich starrte ihn einen Moment lang verblüfft an, bedauerte, daß ich keine Sonnenbrille dabei hatte und machte schließlich widerwillig die Kippe in einem massiven Edelstahlaschenbecher aus, an dem ein bildender Künstler offenbar einen gut Teil seiner Neurosen abgearbeitet hatte.

»Ich dachte, der Aschenbecher, also ...«

»Dieser Aschenbecher, junger Mann, ist ein Kunstwerk, das es nicht verdient, von diesem kanzerogenen Schmutz befleckt zu werden!« sagte die Hausherrin energisch und setzte sich mir gegenüber auf eine Chaiselongue oder, um mich verständlich auszudrükken, auf ein gottverdammt großes Sofa.

»Sie müssen wissen, mein Mann, Adalbert, Gott hab' ihn selig, ist vor drei Jahren an Lungenkrebs gestorben, und seit damals wird mir in diesem Haus keine Zigarette, Zigarre oder sonst irgendetwas, das Tabak enthält, konsumiert.« Während des letzten Teils des Satzes war ihre Stimme wieder etwas lauter geworden.

Ich holte den Zettel von Frau Eisenhut aus meiner Jackentasche, las schnell noch einmal den Namen und sagte: »Verstehen Sie mich nicht falsch, Frau von Heißenbüttel, das mit Ihrem Mann tut mir leid, aber ich bin eigentlich wegen Ihres, äh, verstorbenen Hundes gekommen.« Ich schlug die erste Seite meines nagelneuen Notizblockes auf und zückte einen Kugelschreiber.

»Ach ja, mein armer Tassilo!« seufzte Frau von Heißenbüttel. »Nun ist auch er von mir gegangen, und ich bin ganz allein. Wissen Sie, seit mein Mann den Weg ins gerechte Paradies genommen hat, ist ..., war mein Tassilo mein ein und alles. Das einzige, was mir von meiner ehemals so großen Familie noch geblieben ist.« Sie schaute mit bewölkten Augen zur Decke hoch.

»Haben Sie denn keine Kinder? Verzeihen Sie meine Indiskretion, aber eine gute Reportage lebt von den Details«, sagte ich, ganz Hubers Warnung eingedenk, soviel wie möglich von Frau von Heißenbüttels Privatleben ans grelle Licht des Boulevardjournalismus zu zerren, ansonsten, na ja, Sie kennen die Geschichte ja bereits, medium gegrillter Arsch und so weiter.

»Ach, hören Sie mir bloß auf mit meinen Kindern! Den Eugen, meinen Sohn, habe ich schon seit fünf Jahren nicht mehr gesehen, seit er sich in den Kopf gesetzt hatte, dieses Flittchen zu heiraten, das in der Bar, in der er sich regelmäßig besoffen hat, wenn er wieder mal durch die Diplomprüfung gerasselt war, die Getränke serviert hat! Eine Kellnerin, das müssen Sie sich mal vorstellen!«

Ich nickte verbindlich und nahm noch einen Schluck Kaffee, der inzwischen lauwarm geworden war.

»Natürlich haben ihn mein Mann und ich sofort enterbt, ganz klar. Adalbert hat sich zuerst natürlich geweigert, weil Eugen doch sein einziger Sohn war, aber wir von Heißenbüttels haben schließlich einen Ruf zu wahren, nicht wahr?«

Sie sah mich an, und ich nickte, nur eine Spur zu gefällig. Ich hatte die erste Seite meines Blockes bereits vollgeschrieben, blätterte um und fragte: »Haben Sie auch eine Tochter?«

»Ich hatte eine.«

»Wieso, ist sie gestorben?« fragte ich taktlos, aber neugierig.

»So gut wie«, sagte Frau von Heißenbüttel. »Lange Zeit war sie ein braves Mädchen, fleißig in der Schule, keusch in ihrem sonstigen Leben, bis sie sich plötzlich für eine Bande von Motorradrockern interessierte, die vor ein paar Jahren die Gegend terrorisiert haben. Stellen Sie sich vor, diese Wilden sind am hellichten Tag, wenn anständige Leute zur Arbeit gehen, von ihren Festen nach Hause getorkelt und haben sich gegenseitig Bierdosen nachgeworfen. Tiere! Na ja, eines Tages war Miriam dann verschwunden und hatte nur einen Zettel zurückgelassen, auf dem stand, daß sie mit einem Rocker namens The Devil's Son durchgebrannt sei und nicht vorhabe, sich je wieder bei uns blicken zu lassen.«

»Hat sie?«

»Nein, leider nicht«, sagte Frau von Heißenbüttel. »Mein armes Baby, sie war doch erst achtzehn, hatte ja noch keinerlei Ahnung vom Leben und der Welt ...« Sie schnüffelte ein bißchen in ihr spitzenverziertes Taschentuch, tupfte sich die Augen ab und setzte schließlich wieder ihre resolute Miene auf.

»Was haben Sie eigentlich für einen Beruf?« fragte ich.

»Beruf, was meinen Sie damit?« Sie schaute mich verwundert an.

»Na ja, was machen Sie, um Ihr Geld zu verdienen, was arbeiten Sie?«

»Arbeiten? Ich? Sind Sie verrückt? Ich habe es nicht nötig zu arbeiten, junger Mann! Meine Familie ist reich genug, um mich und meine bescheidenen Bedürfnisse zu befriedigen, ohne daß ich mich mit diesem Gesindel abgeben muß.«

Ich weiß nicht warum, aber plötzlich fielen mir die Rocker und ihre Arbeitsmoral wieder ein. Seltsam, seltsam, wo doch so gar kein Zusammenhang bestand.

»Um wieder auf das eigentliche Thema zurückzukommen, Frau von Heißenbüttel, wann haben Sie Ihren Hund, äh, Tassilo, das letzte Mal gesehen, lebend meine ich?«

Frau von Heißenbüttel zupfte an ihrem Seidenkostüm herum und sagte: »Zum letzten Mal sah ich meinen armen Tassilo an dem Tag, an dem es geschehen ist.«

Ich beugte mich vor und fragte: »Das Verbrechen?«

Frau von H. starrte mich eine Sekunde lang haßerfüllt an und sagte in beißendem Tonfall: »Nein, Verehrtester, die Landung der Außerirdischen auf dem Stephansplatz, während Karajans Witwe im Dom die Sängerknaben dirigierte! Wollen Sie mich auf den Arm nehmen, Sie unverschämter Flegel?«

»Nein, äh, tut mir leid, aber das ist meine erste richtige Reportage, und da geht das Ganze eben noch ein bißchen holprig, Sie verstehen?« Ich schenkte ihr ein so zuckersüßes Lächeln, daß jeder Diabetiker sofort daran gestorben wäre. Die Züge Frau von H.s entspannten sich schließlich, und sie saß wieder gelassen auf ihrer Chaiselongue, respektive ihrem gottverdammt großen Sofa.

»Wie gesagt, ich sah meinen armen Tassilo das letzte Mal am Sonntagabend. Ich war in der Oper, Ring der Nibelungen, fantastische Inszenierung, auch wenn die Aufführung bis in die späte Nacht hinein dauerte. Bevor ich ging, habe ich ihm noch einen kleinen Lekkerbissen in seine Futterschale gelegt, ein bißchen frischen Lachs vom Abendessen.«

»War denn Ihr Personal an diesem Abend nicht im Haus?« fragte ich und richtete mich ein wenig auf. Diese weichen Polster waren auf Dauer nichts für meinen Arsch.

»Nein, Sonntag abend hat es immer frei. Das haben der oder die Täter offensichtlich gewußt und diesen Umstand für sich ausgenützt. Diese hinterhältige, feige Bande! Sich an einem armen, wehrlosen Tier zu vergreifen! Eine Schande ist das!«

»Ich kann Ihnen versichern, Frau von Heißenbüttel, daß unsere Zeitung alles unternimmt, um die Täter zu fassen und sie ihrer gerechten Strafe zuzuführen.« Mein Gott, hatte ich das aber schön gesagt. Sogar Frau von H.s Gesicht strahlte für einen kurzen Moment vor Tatendrang.

»Wo ist denn der Hund jetzt?« fragte ich. »Ich meine das, was von dem armen Kerl übriggeblieben ist.«

»Wir, das heißt Edgar, der Butler, und ich, haben ihn im Schlafzimmer meines Mannes aufgebahrt.«

»Aufgebahrt?«

»Ja. Ich habe schon vor längerer Zeit einen Sarg für meinen armen Tassilo anfertigen lassen, Maßarbeit selbstverständlich, da er ja nicht mehr ganz so jung war. Aber daß er so enden mußte ...« Wieder kam das spitzenbesetzte Taschentuch zum Einsatz. Ich war mir fast sicher, daß es anschließend nicht in die Waschmaschine, sondern direkt in den Abfalleimer wandern würde.

»Könnte ich ihn vielleicht sehen und ein paar Fotos von ihm machen? Das wird die Leute aufrütteln und wirkt sehr motivierend für die Tätersuche.«

Frau von H. zögerte einen Augenblick, stand dann auf und sagte: »Na gut, wenn es unbedingt sein muß.«

»Es muß, Gnädigste.«

Ich schnappte meine Kamera und folgte der vor mir her trippelnden Ansammlung diversester Seidenstoffe ins Schlafzimmer. Schwere Brokatvorhänge bedeckten die raumhohen Fenster, massive Eichenmöbel teilten sich den dichten, mit geometrischen Mustern verzierten Teppich mit einer alten und teuer wirkenden Standleuchte, und das Bett hatte die Ausmaße eines Trainingsplatzes. Am vorderen Rand stand ein glänzender, schwarz schimmernder Sarg, der auf einer roten Satindecke lag, deren Ränder mit Goldborten gesäumt waren.

Ich machte einen Schritt nach vor und warf einen Blick in den Sarg. Ich sah einen Dackel mit glänzendem rotbraunem Fell, der auf einem Polster lag. Sonst fiel mir nichts auf. Kein Blut, keine sichtbaren Wunden oder Narben, nichts. Nicht gerade die Art von Motiv, die Huber sich von mir erwartete.

Frau von Heißenbüttel hatte wohl meinen etwas enttäuschten Gesichtsausdruck bemerkt, denn sie fragte: »Ist etwas nicht in Ordnung, Herr, wie war doch gleich Ihr Name?«

»Breitmaier. Ja, ich meine nein. Der Hund, wie soll

ich sagen, schaut so ruhig und friedlich aus, *zu* ruhig und friedlich, verstehen Sie?«

»Nein, Herr Breitmaier, ich verstehe nicht«, erwiderte sie eisig.

»Nun, wenn wir dieses Foto abdrucken, was glauben Sie wohl, was die Leute dann sagen werden? Das kann ich Ihnen verraten: Sie werden sagen: *Was heißt denn hier bestialischer Tiermord, das Viech schaut doch ganz zufrieden aus.* Und kein Mensch wird sich mehr um die Angelegenheit kümmern. Aber es ist nun mal eine Tatsache, daß wir ohne die Mithilfe der Bevölkerung, und das schließt natürlich die Leserinnen und Leser unseres Blattes mit ein, machtlos sind. Das sehen Sie doch ein, oder?«

Frau von Heißenbüttel war während meines Vortrages ein wenig in sich zusammengefallen und sagte nun mit leiser Stimme: »Natürlich, Sie haben ja recht, aber was kann ich denn tun? Der Bestatter hat ganze Arbeit geleistet, alle Wunden zugenäht, den Magen mit Sägemehl ausgestopft und das zerrissene Fell wieder geglättet.«

Plötzlich hatte ich eine wunderbare Idee.

»Haben Sie irgendetwas Fleischhaltiges zu essen hier, Frau von Heißenbüttel?« fragte ich sanft und unschuldig wie ein Engel.

»Zu essen? Wie kommen Sie jetzt plötzlich aufs Essen? Haben Sie Hunger?« Frau von H. schaute mich erstaunt an.

»Nein, aber ich habe eine Idee, wie wir den Fotos, wie soll ich sagen, den nötigen Schuß Realität einverleiben können.«

»Na gut, ich werde sehen, was sich machen läßt. Marie, kommen Sie bitte her?« Sie hatte sich umgedreht und durch die offene Schlafzimmertür gebrüllt. Wie ein Geist auf Rollschuhen flitzte Marie, das Dienstmädchen, heran und fragte: »Sie wünschen, Madame?«

»Was haben wir im Haus, das Fleisch enthält?« Wenn Marie erstaunt war über diese Frage, dann ließ sie sich jedenfalls nichts anmerken.

Marie machte einen Knicks und sagte: »Im Kühlschrank befinden sich ein Kilogramm frisches Rindsfaschiertes sowie zwei frische Steaks, außerdem haben wir noch ein Kilogramm Beuschelfleisch in der Tiefkühltruhe.«

»Danke Marie, Sie können wieder gehen.« Marie machte nochmals ihren Knicks und verschwand so lautlos wie sie gekommen war.

»Nun Herr Breitmaier, genügt das Ihren Ansprüchen?« fragte Frau von H. mit höhnischer Stimme.

»Ich denke schon. Also, ich brauche das Faschierte und das Beuschel, allerdings aufgetaut. Läßt sich das machen?«

»Natürlich läßt sich das machen, aber wenn Sie mir vielleicht noch verraten könnten, was Sie eigentlich vorhaben?«

»Nun, ich würde sagen, ich erfülle eine Erwartungshaltung, Frau von Heißenbüttel. Sehen Sie, unsere Leser halten umso eifriger nach den Tätern Ausschau, je grausamer die Tiere zugerichtet wurden. Deshalb werde ich jetzt Ihren armen Tassilo ein bißchen schminken, sozusagen, mit Fleisch.« Ich schaute sie an.

Frau von H. war blaß geworden und nagte an einem ihrer tadellos manikürten Nägel herum. Dann nahm sie den Finger wieder aus dem Mund und fragte mit leiser Stimme: »Ist das denn wirklich notwendig, ich meine, dieses ganze Theater?«

Ich knipste einen meiner strengsten Blicke an und sagte mit einer Betonstimme: »Absolut, Gnädigste!«

Frau von H. schien einen Augenblick lang erstarrt zu sein, schaute mir kurz in die Augen und nickte dann fast unmerklich mit ihrem majestätischen Haupt.

»Na gut, wenn so weit alles klar ist, schlage ich vor, gehen wir in die Küche. Sind Sie bitte so nett und nehmen den Hund mit?«

Frau von Heißenbüttel hob den Sarg hoch, warf einen kurzen Blick hinein, stellte ihn wieder ab, griff nach unten und hielt schließlich ihren Tassilo in Händen.

In der Küche, die Frau von H. eigenhändig abgeschlossen hatte, fing ich mit meinen Arrangements an. Das Faschierte, das ich mit Hilfe einer halben Flasche Ketchups etwas blutiger gemacht hatte, ersetzte die ehemals große Fleischwunde am Bauch, die inzwischen aufgetauten Kutteln für das Beuschel wurden stilgerecht ins Maul des armen Tassilo gestopft, und das allzu glatte Fell wurde einer Behandlung mit einer Nagelschere und einem Feuerzeug unterzogen. Zum Schluß noch ein Spritzerchen Ketchup hier und ein Klümpchen Faschiertes da, und fertig war die furchtbar verstümmelte Hundeleiche.

Ich trat einen Schritt zurück und betrachtete mein Werk. Nicht einmal auf den ersten Blick konnte man davon getäuscht werden, das Ganze sah eher aus wie ein Gericht aus einem indonesischen Restaurant, *Hund auf Art des Hauses*, aber mit einem grobkörnigen Film und anschließender Bearbeitung im Grafikcomputer würden jedem Hundefreund die Tränen in die verquollenen Augen schießen beim Anblick dieser Greuelbilder.

Frau von Heißenbüttel war die ganze Zeit über in einer Ecke gestanden und hatte sich an einem gutgefüllten und oft geleerten Whiskeyglas festgehalten. Ab und zu schüttelte sie leicht den Kopf und murmelte so etwas wie »Ich weiß wirklich nicht, ob das recht ist« vor sich hin.

Ich holte meine Kamera aus der Tasche, stellte ein paar Lampen auf und schoß zwei Filme leer.

»Sind Sie jetzt endlich fertig?« fragte Frau von Heißenbüttel mit rauher Whiskeystimme.

Ich nickte.

Frau von H. stellte ihr Glas auf einen Tisch, strich sich die Haare aus der Stirn und beugte sich zu ihrem armen Liebling hinunter, der sich in der Fleisch- und Ketchupumgebung ganz wohl zu fühlen schien.

»Lassen Sie mich bitte allein, bis ich den armen Tassilo gereinigt habe«, sagte Frau von Heißenbüttel, »gehen Sie inzwischen in den Salon, und trinken Sie dort einen Kaffee.«

Ich schloß die Küchentür auf und suchte den Salon. Mein an die Decke gerichteter Blick begegnete einigen Fresken, die leichtbekleidete Engel und so Zeug darstellten. Ziemlich langweilig. Nach einigen Verirrungen fand ich schließlich den Salon, wo mich Marie schon mit einer Tasse dampfendem Kaffee erwartete. Ich setzte mich wieder auf den zu weichen Stuhl und trank den wieder zu dünnen Kaffee, als ich Frau von H. nach oben rauschen sah, ihren armen Tassilo an die wogende Brust gedrückt. Nach ein paar Minuten kam sie herunter und setzte sich auf die Chaiselongue.

»Darf ich annehmen, daß Ihre Recherchen hiermit beendet sind?« fragte sie mit etwas unruhiger Stimme. Der Wiskey hatte offensichtlich eingeschlagen.

»Fast. Nur noch eine letzte Frage: Was geschieht denn nun mit dem Hund?«

»Tassilo bekommt natürlich seinen Platz im Familiengrab. Er ist schließlich ein echter von Heißenbüttel!«

Ich notierte auch diese Bemerkung noch sorgfältig in meinem Notizbuch und stand dann auf, wobei ich mir unauffällig den Arsch massierte, da er sich ganz taub anfühlte. Ich verabschiedete mich von Frau von Heißenbüttel, versicherte ihr, daß sie ein Exemplar von »Voll Dran!« zugeschickt bekommen würde und ließ mich schließlich vom Butler hinausbegleiten. Mein Arsch war wieder mal gerettet.

FÜNFTES KAPITEL

»Herr Breitmaier, der Boß will Sie sehen, es scheint dringend zu sein!« Frau Eisenhuts spröde Stimme hallte aufgeregt durch die Gänge. Ich besprach noch schnell die letzten Details mit dem Mann vom Layout, Fischl, und machte mich dann auf in Hubers Büro. Die Fotos von Tassilo hatte ich erst vor einer Stunde abgeliefert, und so wie ich Huber kannte, hatte er sie sich noch gar nicht angesehen. Also mußte es sich wohl um etwas anderes handeln.

»Breitmaier, Sie müssen sofort wieder los! Packen Sie Ihre Ausrüstung zusammen, und springen Sie in den Wagen!« Huber wirkte ganz erregt, über sein gewöhnliches Maß hinaus. Er zog heftig an seiner großkalibrigen Zigarre und fächelte den Rauch vor seinem Gesicht weg. Im Hintergrund summte wie immer der Laptop, auf dem gerade ein Spiel lief. *Invasion of the Mutant Space Bats of Doom.* Ich beobachtete kurz ein paar zerrupft aussehende Fledermäuse, die von einem Raumschiff niedergemäht wurden, als Hubers penetrante Stimme sich wieder in meine Gehörgänge wühlte.

»Hören Sie mir überhaupt zu, Breitmaier?«

»Natürlich Herr Huber, ich bin ganz Ohr.« Ich zeigte auf mein linkes Hörorgan.

»Lassen Sie doch diese albernen Späße, Breitmaier. Sie haben eben eine Bombenstory bekommen und wissen es noch gar nicht.« Er kämpfte sich aus seiner fast liegenden Position mühsam in eine Lage, die man als halbwegs aufrecht bezeichnen könnte.

»Was ist denn passiert?« wollte ich wissen. »Wieder ein Hund zu Chappi verarbeitet worden?«

»Ja, es hat wieder einen Mord gegeben, aber diesmal«, wieder eine von Hubers berühmt-berüchtigten dramaturgischen Pausen, »wurde ein Mensch umgebracht. Diese irren Vegetarier werden anscheinend immer dreister.«

»Weiß man denn, daß es sich um dieselben Täter handelt?«

»Nicht hundertprozentig, aber das Muster stimmt genau. Aufgeschlitzter Bauch, ein paar Eingeweide in den Mund gesteckt und eine blutige Hamburgerverpackung neben der Leiche. Aber alles weitere wird Ihnen die Polizei erzählen. Wie Sie wissen, habe ich einen heißen und direkten Draht zum Polizeipräsidium, was bedeutet, daß Sie der erste Reporter am Tatort sein werden. Also, beeilen Sie sich! Die Adresse gibt es wie immer von Frau Eisenhut.« Huber drehte sich um und massakrierte wieder ein paar Fledermäuse des jüngsten Tages. Ich wollte ihn noch schnell fragen, wie ihm meine Fotos gefallen hatten, aber er war so in sein Spiel versunken, daß ich es nicht übers Herz brachte, ihn zu stören.

Zum zweitenmal an diesem Tag händigte mir Frau Eisenhut einen Zettel mit einer Adresse und ein saures Lächeln aus, und zum zweitenmal schlitterte ich mit den abgefahrenen Winterreifen am Rande eines bildlichen Abgrunds durch die Stadt. Ich warf einen kurzen Blick auf den Zettel, *Stumpergasse 38*. Das kam mir doch irgendwie bekannt vor.

Als ich vor dem Haus parkte, war alles klar. Das war Stefans Adresse. Ein nochmaliger Blick auf den Zettel bestätigte meine unangenehme Vermutung: Der Tote hieß Stefan Andergast und war vierundzwanzig Jahre alt. Scheiße!

Mit unruhigem Magen rannte ich hoch in den zweiten Stock, verhandelte kurz mit dem Bullen an der Tür, der mich zuerst nicht in die Wohnung lassen wollte, und bekam dann den letzten Beweis, Stefans Leiche, beziehungsweise, den Kopf davon. Der Rest war mit einer blickdichten schwarzen Kunststoffplane bedeckt, unter deren Rändern dunkelrote Blutrinnsale herausgeflossen waren. Ich drehte mich um, rannte ins Bad und versuchte zu kotzen, aber es kam nichts raus. Als ich das Bad wieder verließ, wartete der ranghöchste Bulle auf mich vor der Tür.

»Mein Name ist Inspektor Wachtelgruber. Herr Huber hat mir gesagt, daß einer seiner Reporter herkommen würde, allerdings hat er nicht erwähnt, daß Sie so schwache Nerven haben. Noch nie einen Toten gesehen?« Er grinste mich an wie ein Christkind und steckte sich einen Kaugummi ins Gesicht. Seine großen, runden, leicht feuchten Kuhaugen machten eine Runde durch die Wohnung und schwenkten dann langsam zurück in meine Richtung. Sie fixierten mich mit diesen Pupillen undefinierbarer Farbe, angetrockneter Nilschlamm fiel mir dazu ein; fast schien es mir, ein paar halbnackte Ägypter tanzten um seine Iris.

»Nein, noch nie, außer im Fernsehen, und wenn es nach mir ginge, müßte ich das auch nie wieder.« Ich lehnte an der Wand und atmete so flach es ging. Der Gestank von Blut, Exkrementen und Desinfektionsmitteln hing in der Luft wie ein unsichtbarer Teppich.

»Mit der Zeit, wenn Sie erst einmal ein paar davon gesehen haben, denken Sie sich nichts mehr dabei, sondern schießen nur noch Ihre Fotos und gehen dann ins nächste Restaurant essen.«

»Zufällig kannte ich den Toten«, sagte ich mit

schwacher Stimme. Langsam ging es mir wieder ein wenig besser.

»Sie kannten ihn?« Wachtelgruber setzte sofort sein Dienstgesicht auf und starrte mich argwöhnisch an. »Was meinen Sie mit *kennen*?«

»Na was wohl«, sagte ich, »ich hab' ihn eben vorher schon mal gesehen, genauer gesagt vor zwei Tagen zum ersten Mal. Alles was ich weiß ist, daß er schwul war und Stefan hieß.«

»Aha. Sie kannten ihn also und sind nun rein zufällig hier.«

Ich nickte.

»Wissen Sie«, fuhr Wachtelgruber fort, »ich glaube nicht an Zufälle.« Sein Blick blieb auf mir kleben.

Der Bulle ging mir langsam auf die Nerven. Mein Selbstvertrauen kehrte zurück wie eine beleidigt spielende Frau zu ihrem Liebhaber und damit verbunden natürlich mein geöltes Mundwerk. »Ich glaube auch nicht an die unbefleckte Empfängnis von Maria, und dennoch soll es wahr und eines der größten Wunder der Welt sein.«

»Sie, werden Sie bloß nicht komisch, Freundchen! Zufälligerweise bin ich aktives Mitglied im Kirchenverein, und ich mag es überhaupt nicht, wenn jemand die heilige Maria Muttergottes lächerlich macht! Also sehen Sie sich vor!«

Zufälligerweise bin ich aktives Mitglied im Kirchenverein. Hätte ich mir aber auch gleich denken können!

»Kann ich trotzdem ein paar Fotos machen oder muß ich vorher zehn Vaterunser wegen Gotteslästerung beten?« fragte ich.

Wachtelgrubers Blick war so sauer wie ein Liter abgelaufene Milch, als er sagte: »Wenn Huber Sie hergeschickt hat, kann ich wohl nicht viel tun, obwohl ich gerne würde, das können Sie mir glauben. Na los, schießen Sie Ihre Bilder, und dann verschwinden Sie hier! Sie sollten mal ein paar Kapitel aus der Bibel lesen, junger Mann, oder ab und zu den Gottesdienst besuchen, dann könnten Sie vielleicht von Ihrer moralischen Verwerflichkeit kuriert werden, bevor es zu spät ist und Sie im Fegefeuer der ewigen Hölle schmoren!« Sein Gesicht war ganz rot geworden, und seine Backen hatten sich aufgeblasen wie Kürbisse.

»Ach, wissen Sie«, entgegnete ich ruhig, »ich hätte nichts gegen die Hölle, ich bin ziemlich kälteempfindlich.«

Ich ließ Wachtelgruber stehen und ging ins Schlaf/Wohnzimmer. Ein Typ von der Spurensicherung kroch auf dem Boden herum wie ein mutiertes Insekt auf Nahrungssuche und saugte irgendwelches Zeug auf.

»Irgendwas Auffälliges?« fragte ich.

»Nein, bis jetzt noch nicht, außer der üblichen blutbeschmierten Hamburgerverpackung. Aber ich habe gerade erst angefangen. Alles was ich bis jetzt weiß ist, daß er aufgeschlitzt wurde und ihm die Eingeweide anschließend in den Mund gestopft wurden, das heißt, nicht alle, denn ein paar fehlen.« Der Typ stand auf und klopfte sich imaginären Staub von den Knien.

»Was soll das heißen, ein paar fehlen? Hat Gott ihm nicht die gesamte Ausstattung mitgegeben?«

»Na ja, ursprünglich wohl schon, aber jetzt sieht es so aus, als wäre zum Beispiel das Herz nicht da, außerdem fehlen eine Niere und ein Lungenflügel.«

»Und von dem ganzen Zeug wurde hier in der Wohnung nichts gefunden?« fragte ich.

»Nein, keine Spur. Der oder die Täter müssen sie mitgenommen haben.« Er kniete sich wieder auf den Boden, zog einen kleinen schwarzen Koffer zu sich her und öffnete ihn. Dann fing er an, alle umliegenden Flächen mit einem weißlichen Pulver zu bestreuen.

»Ach ja, wenn wir gerade bei Fingerabdrücken sind«, sagte ich, »von mir werden auch eine ganze Menge frische vorhanden sein. Wie ich schon diesem Wachtelgruber gesagt habe, bin ich vor zwei Tagen hiergewesen.«

Der Typ seufzte, holte einen kleinen Karton aus seinem Koffer und sagte: »Geben Sie mal schnell Ihre Hände her, damit wir Ihre Abdrücke eindeutig identifizieren können. Ich hab' keine Lust, lauter Prints, die gar nichts mit dem Fall zu tun haben, durch den Computer zu jagen.«

Ich ließ mir die Abdrücke abnehmen, wischte mir dann die dreckigen Finger an der Hose ab und suchte wieder diesen Wachtelgruber.

»Wie sind die Täter denn in die Wohnung gekommen?« fragte ich. »Soweit ich das in der Schnelle feststellen konnte, ist das Türschloß in Ordnung.« Wachtelgruber steckte seine kleine Taschenbibel, in der er wohl gerade einige erbauliche Stellen gelesen hatte, zurück in die Brusttasche seiner Uniform und richtete seinen Kragen, der ohnehin tadellos saß.

»Ja, Sie haben recht, das Schloß ist noch intakt, und es sieht nicht so aus, als hätte man es mit einem Dietrich oder etwas ähnlichem geöffnet.«

»Wie wär's mit einer Kreditkarte?« unterbrach ich ihn.

Wachtelgruber lachte leise vor sich hin und sagte dann: »Hören Sie junger Mann, Sie stellen sich das vielleicht so einfach vor wie in diesen Filmen, aber kein Mensch bekommt ein Sicherheitsschloß mit einer Kreditkarte auf!« Er schleuderte mir den letzten Teil des Satzes regelrecht entgegen. Ich war nicht sonderlich beeindruckt von seinem Vortrag; die meisten Schlösser in diesen Mietskasernen waren billige tosische Modelle, und mit ein bißchen Geduld und der richtigen Kreditkarte hatte ich sie noch alle aufbekommen, gesetzt den Fall, daß die Tür nicht zugesperrt, sondern nur eingeschnappt war. Man durfte nur keine Karte nehmen, die auf einen selbst ausgestellt war, denn wenn der Teil mit dem Namen drauf abbrach und hinter der Tür liegenblieb, na dann gute Nacht.

»Okay, das heißt also, daß Stefan, ich meine Herr Andergast, den oder die Täter gekannt haben muß und sie selbst hereingelassen hat.« Ich kramte meine zerdrückte Zigarettenschachtel aus der Jeans und steckte mir eine Kippe in den Mund.

»Wagen Sie es nicht, diese Zigarette anzuzünden!« schrie Wachtelgruber. »Ich dulde es nicht, daß in meiner Nähe geraucht wird.«

Na gut, steckte ich sie eben wieder zurück in die Packung. Blöder Arsch! Ich drehte mich kurz um und sah den Mann von der Spurensicherung, der mir einen verschwörerischen Blick zuwarf und die Augen nach oben verdrehte.

»Und nun zu Ihren voreiligen Schlüssen«, fuhr Wachtelgruber fort. »Daß das Schloß keine Beschädigungen aufweist, heißt nicht notgedrungen, daß das Opfer den oder die Täter gekannt haben muß. Der oder die Täter hätten sich genausogut als Briefträger, Gasmann ...«

»Oder Frau.«

»Ja, auch Gasfrau, verdammt noch mal. Unterbrechen Sie mich nicht andauernd! ... oder als Meinungsumfrager ausgeben können. Sie wissen doch selbst, wie die Leute sind: Wenn mitten in der Nacht jemand an ihrer Haustür klingelt und sagt, er kommt vom Tierschutzverein und will eine Spende, dann machen neunzig Prozent dieser Idioten auf. Natürlich haben sie manchmal Sicherheitsketten oder ähnlichen Schnickschnack, aber wenn die Tür erst mal offen ist, haben die Eindringlinge es so gut wie geschafft.«

Wachtelgruber machte eine kurze Pause, ähnlich Hubers berühmt-berüchtigten dramaturgischen Unterbrechungen, und wartete auf meine Frage, deren Antwort schon auf seiner Zunge lauerte. Ich tat ihm den Gefallen.

»Warum denn, wenn die Kette noch vorgelegt ist, hat der Täter doch keine Chance, in die Wohnung einzudringen, oder?«

Wachtelgruber straffte seinen Körper und grinste mich mit gutgelaunter Überlegenheit an. Ich klopfte mir in Gedanken auf die Schulter und dachte, ja, ja, so bin ich, jeden Tag eine gute Tat.

»Tja, es zahlt sich eben manchmal aus, ein wenig mit der Polizei zu plaudern, nicht wahr? Man lernt nämlich immer noch etwas dazu. Also, wie gesagt, ist die Tür erst mal offen, nimmt der oder die Täter einfach einen Tränengasspray oder einen Elektroschokker, knallt ihn dem Opfer ins Gesicht, greift in den Spalt zwischen Türrahmen und Tür, entriegelt die Kette, und schwupp ist man drinnen. Das geht alles völlig lautlos und ohne Aufsehen. Wenn nicht zufälligerweise die Nachbarin ihren Kopf herausstreckt, besteht praktisch kein Risiko für den oder die Täter. Selbst wenn die Tür schon offen ist, kann er immer noch abwarten und die Situation einschätzen. So einen Elektroschocker haben viele Leute, vor allem ältere, noch nie gesehen, und auf den ersten Blick könnte er ohne weiteres als Diktiergerät durchgehen.«

Ich kannte die Dinger. Meine Ex-Freundin besaß auch so eines. Nachdem sie dreimal hintereinander auf dem Nachhauseweg von demselben Typen belästigt worden war, kaufte sie sich diesen Schocker und hielt ihm diesen beim vierten Mal an die Eier. Sein Schrei zerriß ihr angeblich fast das Trommelfell.

»Hinterläßt so ein Elektroschocker denn Spuren?« fragte ich, nachdem Wachtelgruber seinen Vortrag, den er wohl wortwörtlich aus dem Polizeihandbuch auswendig gelernt hatte, beendet hatte.

»Nein, das ist es ja gerade. Er funktioniert auch, wenn man ihn an die Kleidung hält. Auf der nackten Haut könnte man möglicherweise Verbrennungsspuren feststellen, aber nicht bei dieser unempfindlichen synthetischen Kleidung.«

»Hat der Arzt die Leiche schon auf Tränengasspray untersucht?«

»Ja, oberflächlich. Er kommt gleich wieder her und nimmt sie mit.« Wachtelgruber deutete ins Zimmer. »Er hat aber nichts gefunden. In der Regel hat das Opfer eines solchen Sprays starke Verätzungen im Gesicht und auf den Schleimhäuten, vor allem bei diesen verbotenen CS-Sprays. Aber wie Sie selbst gesehen haben, ist die Gesichtshaut bei der Leiche unversehrt.«

»Wie wurde er denn getötet? Ich nehme doch an, daß man mit so einem Schocker niemanden umbringen kann.«

Ich schlug eine neue Seite in meinem Notizblock auf und zeichnete ein paar Kringel.

»Nein«, sagte Wachtelgruber. »Man wird höchstens für ein Weilchen bewußtlos, sonst nichts. Wodurch er getötet worden ist, ist ziemlich sicher, nämlich durch einen Stich in den Hals, vermutlich mit einem Stilett oder einem spitzgefeilten Schraubenzieher. Die Koronararterie wurde durchtrennt, und er ist verblutet, sagt zumindest der Arzt. Wahrscheinlich ist er aus der Bewußtlosigkeit gar nicht mehr erwacht. Wenigstens ein schmerzloser Tod.« Wachtelgruber schaute mich an und rückte einen kleinen silbernen Anstecker, der Jesus auf dem Kreuze zeigte, leidend wie nur was, zurecht. Es gab nichts zu sagen. Also sagte ich nichts.

Nach einer Weile ging ich wieder ins Zimmer und fing an, ein paar Lampen aufzustellen. »Sie haben doch nichts dagegen, wenn ich ein paar Fotos mache, oder?« fragte ich Wachtelgruber, der hinter mir hergeschlichen war.

»Aber nein!« dröhnte er, »deswegen sind Sie ja wohl hier, nicht wahr?«

Ich schraubte die Kamera aufs Stativ und verschoß einen halben Film mit Stefans Leiche aus allen Blickwinkeln. Wachtelgruber wollte mich nicht unter die Plane schauen lassen, deshalb war außer dem Kopf und den Blutrinnsalen nicht allzuviel zu sehen. Ich verknipste noch die andere Hälfte des Films, indem ich mehr oder weniger planlos das ganze Zimmer abfotografierte, und packte dann meine Ausrüstung ein.

»Herr Inspektor, kommen Sie doch mal her und schauen Sie, was ich hier gefunden habe!« rief der Spurensicherer. Wachtelgruber und natürlich auch ich gingen zwei Schritte nach links und knieten uns dann auf den Boden. Der Finger des Inspektors berührte die kleine Lacke, die auf dem Parkettboden schimmerte, und führte die Flüssigkeit auf die Zunge.

»Ich würde sagen, das ist Salzwasser«, sagte Wachtelgruber.

»Das seh ich auch so«, bestätigte der Spurensicherer.

»Irgendeine Ahnung, wo das herstammt?«

»Nein, noch keine. Aber wir werden das im Labor genauer untersuchen.« Er holte eine kleine Pipette aus seinem schwarzen Koffer, saugte die Flüssigkeit auf und ließ sie in ein Glasfläschchen tropfen, das er anschließend sehr sorgfältig beschriftete und in einer Schaumstoffablage wieder im Koffer verstaute.

Während Wachtelgruber und der Mann von der Spurensicherung sich noch weiter über die rätselhafte Flüssigkeit unterhielten, streifte ich noch ein letztes Mal durch die Wohnung.

Vor nicht einmal achtundvierzig Stunden war ich hier an diesem Tisch gesessen und hatte Kaffee getrunken, mit einem Bleistift zwischen den Zähnen herumgestochert und mit Stefan über belanglose Dinge geredet. Die Dinge hatten sich für Stefan sehr schnell von belanglosen in tödliche verwandelt.

Ich zog auf gut Glück ein paar Schubladen auf und fand in einer davon einen Schlüsselbund. Wahrscheinlich die Zweitschlüssel zur Wohnung. Ich schaute mich schnell um, sah mich unbeobachtet und steckte die Schlüssel ein. Vielleicht brauchte ich sie noch, wer weiß.

»Ich bin fertig«, sagte ich zu Wachtelgruber, der wieder vor dem Badezimmer Aufstellung genommen hatte.

»Hoffentlich sind die Fotos was geworden«, antwortete er und grinste zweideutig. In diesem Moment ging die Wohnungstür auf und zwei Männer, die einen Metallsarg hereinschleppten, erschienen. Sie gingen ins Zimmer, legten die Leiche in den Sarg und verschraubten den Deckel, alles, ohne ein Wort zu sagen und ohne die geringste Eile. Als sie die Wohnung verließen, folgte ich ihnen die Treppen hinunter. Auf dem ersten Absatz hatte eine alte Frau ihre Tür geöffnet und starrte mich feindselig hinter einer Rüstung aus Lockenwicklern, grünorange geblümtem Hauskleid und Filzpantoffeln an.

»Nicht einmal die Toten könnt ihr in Ruhe lassen, ihr Leichenschänder!« schrie sie. Ich nahm an, daß das mir galt, da ich mit meiner Kamera wohl unschwer als Fotograf zu erkennen war. Das hatte mir gerade noch gefehlt, denn genau diese Leute waren es, die unser Blatt am eifrigsten lasen und garantiert jedes Foto mit einer Lupe auf grausige Details hin untersuchten.

»Gehen Sie wieder hinein, sonst holen Sie sich noch eine Erkältung«, sagte der hintere Sargträger. Dann fügte er noch mit einem Grinsen hinzu: »Wir wollen doch nicht, daß Sie das nächste Mal hier drinnen liegen.« Die Alte bekam einen roten Kopf, atmete ein paarmal heftig ein und aus und knallte schließlich die Wohnungstür mit all der Kraft, die noch in ihren dünnen Ärmchen steckte, zu.

Auf der Straße wehte wie üblich ein eisiger Wind. Ich zog mir die Kapuze über den Kopf und registrierte erst jetzt, daß ich Stefans Parka anhatte. Na ja, er würde ihn wohl nicht mehr brauchen.

Ich stellte den Fiesta vor der Redaktion ab, brachte den vollen Film zu einem *Fotokarussell*, machte den

Typen wie üblich ein bißchen Dampf und ließ mir aus keinem bestimmten Grund (Sentimentalität vielleicht) von jedem Negativ zwei Abzüge machen. Die knappe halbe Stunde nützte ich, um mir schnell einen überteuerten Kaffee in den Rachen zu schütten, dann holte ich die Bilder ab, brachte einen Satz in die Redaktion, wo fast niemand mehr war, und ging Richtung Stephansplatz zur U3. Zum Glück waren weder Huber noch Glitzermann in der Redaktion gewesen, um mich mit dämlichen Fragen zu überschütten. Das würde wohl morgen kommen.

In der U3 saß ich neben zwei alten Frauen, die sich inbrünstig über ihre Medikamente unterhielten, als wären sie das einzig Interessante in ihrem Leben, das ihnen noch geblieben war. Wahrscheinlich war das auch der Fall. Ich stieg in der Johnstraße aus, kaufte mir auf dem Markt zwei Kilo Kartoffeln und sechs Eier, überquerte die Hütteldorfer und stapfte zu meiner Wohnung hinauf.

Nach einem langsamen, gemütlichen Essen, Bratkartoffeln mit Spiegelei und einer Flasche Wein vom *Hofer*, die sich sogar für einen abgehärteten Gaumen und Magen als echte Herausforderung entpuppte, legte ich eine gemütliche Scheibe auf, drehte den Lautstärkeregler auf Halbmast und döste ein paar Stunden dahin. Ab und zu stand ich auf, um die Platte umzudrehen. *Dummy* von *Portishead*. Ein Song hatte es mir besonders angetan, weil es da hieß *I've got nobody by my side and surely that ain't right*. Das erinnerte mich immer an meine eigene Situation; gut, ich war die meiste Zeit über alleine, von gelegentlichen Onenight-Stands mal abgesehen, und manchmal war es hart, aber ich war lieber allein, als von Arschlöchern umgeben, die scheinbar die ganze Welt bevölkerten. Ich weiß, wovon ich spreche, ich arbeite schließlich bei einer Zeitung von Arschlöchern für Arschlöcher. (Wahrscheinlich müßte ich in diesem Zusammenhang auch noch Begriffe wie *reaktionär, konservativ, engstirnig* und nicht zuletzt *heuchlerisch* erwähnen, aber wem erzähl' ich das?)

Als ich wieder halbwegs wach war, war es knapp acht am Abend, und ich fühlte mich trotz oder vielleicht auch wegen der stundenlangen Pennerei ziemlich abgeschlafft und müde. Zuerst diese nervenaufreibende Fotografiererei in diesem Nobelschuppen wegen dieses verwöhnten Hundes, dessen Mörder all meine Sympathie hatte, und dann auch noch Stefan, in meinem Leben als Leiche wiederaufgetaucht und, so sah es zumindest aus, von demselben Täter umgebracht wie Tassilo, der Sauhund, und das machte ihn weit weniger sympathisch; den Mörder meine ich.

Ich hätte nicht sagen können, daß ich so etwas wie echte Trauer empfunden hätte, dazu hatte ich Stefan einfach nicht lange und gut genug gekannt. Meine Gedanken gingen mehr in eine diffuse Richtung, so von der Art, daß Stefan, so wie es schien, sich endlich so halbwegs in seinem Leben eingerichtet hatte, samt allem, was dazugehörte, auch seiner Homosexualität, und dann kam so ein Vollkoffer daher und schlitzte ihm den Bauch auf und verteilte seine Kutteln im Universum, oder was auch immer er sonst damit gemacht hatte. Wenn ich dann noch daran dachte, daß dieser Mord, so schien es zumindest, von einem oder mehreren Vegetariern verübt worden war, die damit irgendein Zeichen setzen wollten, keine Ahnung was für eines, für mich war es jedenfalls ein beschissenes, wurde mir wirklich fast schlecht. Ich hatte immer gedacht, diese ultimative Darstellung scheinbar willkürlicher Gewalt, nicht nur im physischen Sinne, sei eine Methode, auf die Gevatter Staat das alleinige Monopol hatte. Offensichtlich hatte ich mich da geirrt.

Ich zog mich aus, gönnte mir eine kurze heiße Dusche, zündete mir noch eine letzte Zigarette an und ging dann mit einem Buch von Philippe Djian, *Erogene Zone,* ins Bett. Ich hatte alles, bis auf das hier, von ihm gelesen, und mochte der Typ auch ein kleiner Angeber sein, eins mußte man ihm lassen, schreiben konnte er wie fast kein zweiter.

Während ich mich also in die Story aus Sex, Alkohol und Schreiben vertiefte, schweiften meine Gedanken immer wieder zu der Bemerkung von Stefan ab, die er im Nachtasyl so beiläufig hatte fallen lassen, nämlich daß er sich mehr oder weniger zwangsweise von einem älteren, einflußreichen Typen trennen mußte, und ich fragte mich, ob das bei seiner Ermordung irgendeine Rolle gespielt hatte oder ob ich nur langsam ein richtiger Journalist wurde und mir Sachen einbildete, die gar nicht existierten, über die man aber prächtig schreiben konnte.

SECHSTES KAPITEL

Die Schabe kroch aus ihrem Versteck hervor und setzte zu einem Erkundungsgang durch meine Küche an. Ich hatte gerade geduscht und tropfte den Boden voll, während ich mir heißen Kaffee in den Schlund goß und Toastscheiben zermalmte, als ich sie sah. Wie wahrscheinlich schon klar geworden ist, kann ich Hunde und Katzen nicht besonders ausstehen, aber wenn es um Schaben geht, vor allem, wenn sie auf meinem Küchenboden dinieren, reagiere ich leicht über. Ich schnappte mir also die rotweißschwarze Flasche mit dem Feuerzeugbenzin, begoß das Mistvieh ausgiebig damit und zündete es anschließend mit einem Grinser an. Die Schabe rannte noch ein paar Zentimeter herum, in Schabenmaßstäben wahrscheinlich einen Kilometer, und schmolz dann schneller dahin als das Lächeln einer Nutte, die gerade einen Zivilbullen angemacht hatte.

Nach dieser guten Tat für den Tag fönte ich mir die Haare, zog mir meine Boxershorts an, füllte neues Öl in den Ofen (die übliche stinkende und tropfende Angelegenheit) und gönnte mir noch eine Zigarette, bevor ich lostrabte, um mein tägliches Pensum an schlechten Fotos und miserablen Reportagen zu erfüllen. Sicherheitshalber schaute ich noch kurz auf die Uhr; fünf vor acht, das müßte sich ausgehen. Während ich mich fertig anzog, legte ich eine Platte auf und suchte dann meinen Fotokram zusammen. *A Tribe called Quest* rappten gerade einen Song daher, der sich *Everything is fair* nannte, als es an der Tür klingelte. Überraschung, Überraschung, wer konnte das wohl sein? Eigentlich mag ich keine Überraschungen, höchstens sie sind grünäugig, rothaarig und stehen an einem verregneten Freitagabend unangemeldet vor meiner Tür. Heute war Dienstag, aber wer weiß, vielleicht irrten sich ja die Überraschungen manchmal.

Ich machte die Tür auf, sah kurz ein blasses, schlechtrasiertes Gesicht, dessen oberer Abschluß eine Stirnglatze bildete, dann eine bläulichviolette Flamme, spürte einen höllischen Schmerz an meinem Hals und ...

Als ich wieder zu mir kam, lag ich auf dem Fußboden und konnte mich nicht bewegen. Meine Handgelenke waren mit Klebeband umwunden und diese dann mit einem Strick an die Heizung hinter meinem Kopf gefesselt worden. Ich hob unter ziemlichen Anstrengungen meinen Kopf und blickte zu meinen Füßen hinunter; auch hier dasselbe Bild: Klebeband und ein Strick, ein etwas längerer als an den Armen, denn immerhin mußte er das ganze Zimmer durchqueren, ehe er am Kastengriff endete. Mir fiel wieder der Song ein, den ich gerade gehört hatte, *Everything is fair,* und ich dachte mir, welcher Idiot den wohl geschrieben hatte.

Ich versuchte zu schreien, ich wußte eigentlich nicht weshalb, es war ja niemand hier, außer dem Irren, der mich hier gefesselt hatte und mich wohl kaum wegen meines Geschreis wieder losmachen würde, aber in bestimmten stereotypen Situationen reagiert man eben stereotyp, also riß ich den Mund auf ... und bemerkte, daß ich eine alte Socke zwischen den Zähnen hatte. Es war eine von meinen eigenen, ich erkannte sie am durchdringenden Schweißgeruch wieder, und der Gestank war weitaus schlimmer als das Gefesseltsein.

Plötzlich hörte ich ein Rumpeln und Krachen, ein Geräusch, das sich anhörte, als hätte jemand meinen Teekessel auf den Boden geworfen (wer immer es war, ich war ihm unendlich dankbar dafür, ich meine, wer zur Hölle trinkt denn Tee?) und würde nun darauf herumtrampeln. Na ja, immerhin war er ja wohl ein Irrer, also mußte er sich auch so benehmen. Ich konnte ihm das wirklich nicht übelnehmen.

Also, ich hörte diese Geräusche, und zwei Sekunden später stand der Typ, dem ich das alles zu verdanken hatte, vor mir. Er war nicht sonderlich groß, nein verdammt, lassen wir diese blöden Euphemismen, er war verdammt klein, genau das war er, und er hatte, wie schon gesagt, eine Stirnglatze, und einen Rasierapparat konnte er sich anscheinend auch nicht leisten, ganz zu schweigen von einem persönlichen Schneider.

»Wo ist der Film, du Drecksack?« quiekte er und stampfte mit seinem kleinen, schlechtbeschuhten Fuß auf den Boden. Ich nuckelte ein bißchen an meiner aromatischen Socke herum und schaffte es, ein paar Töne in den Raum zu spucken.

»Den Film, wird's bald?« Er schien langsam ungeduldig zu werden. »Na schön«, fuhr er fort, »ich hab' mir schon gedacht, daß du ihn nicht so einfach rausrücken würdest.« Er grinste so irr, wie Irre eben grinsen müssen, und zerrte mit seinen kleinen Händen, die in weißen Chirurgenhandschuhen steckten, einen kleinen Karton zu sich her.

»Weißt du, was ich hier habe?« fragte er leise und mit boshaften Äuglein.

Ich gab ihm telepathisch zu verstehen, daß ich nicht die geringste Ahnung hätte. Offenbar war er kundig in der Kunst des Gedankenlesens, denn er erklärte mir sofort, was es mit dem ominösen Karton auf sich hatte.

»Das sind Ameisen«, sagte er, »afrikanische, um genau zu sein. Es war gar nicht so einfach, diese Viecher mitten im Winter aufzutreiben. Hat mich ein Heidengeld gekostet, und der Zooverkäufer ist wahrscheinlich mit seiner Freundin Schi fahren in Sankt Moritz, aber das ist es mir wert.« Er öffnete den Karton und holte ein kleines Terrarium hervor, in dem es vor Ameisen, die offenbar eine Woche lang nichts mehr zu essen bekommen hatten, wimmelte. Erst jetzt, zum psychologisch ungünstigsten Zeitpunkt, wurde mir klar, daß ich bis auf meine geblümten Boxershorts nackt war. (Ja, ja, die Socke hatte ich auch noch, aber da sie im Mund steckte, zählte ich sie nicht mit.)

Wie um meine schlimmsten Vermutungen zu bestätigen, sagte der Irre: »Sie sind hungrig, meine kleinen Lieblinge. Ich hab' sie eine Woche lang hungern lassen.« (Ich höre Sie schon lachen im Hintergrund, aber glauben Sie mir, mir war in dem Augenblick absolut nicht zum Lachen zumute.)

»Und damit meine kleinen Lieblinge ein bißchen Appetit bekommen, habe ich ihnen auch etwas Lekkeres mitgebracht.«

Ich wollte es gar nicht wissen, also machte ich die Augen zu. Als ich sie wieder aufmachte, war der Irre gerade dabei, mich mit Cola (Sie würden jetzt wohl gerne wissen, was für eine Marke, was, vergessen Sie's!) anzuschütten. Die braune, klebrige Flüssigkeit warf Blasen, als sie sich in aller Ruhe auf meinem frischgeduschten Adoniskörper niederließ. Ich kam mir vor wie der Hauptdarsteller in einem SadoMaso-Porno.

Der Irre kam zu mir her, riß mir mit einem heftigen Ruck die Socke aus dem Mund (Gebt mir eine Mundspülung!) und sagte: »Also, zum allerletzten Mal, wo ist dieser verfluchte Film, du schmieriger Drecksack?«

Ich richtete mich ein wenig auf und fragte: »Wer schreibt denn deine Dialoge? Franz Antel?«

»Du willst es also auf die harte Tour, was Freundchen? Na gut, das kannst du gerne haben.« Er kam wieder her, kniete sich nieder, öffnete das Terrarium und schüttete seine Mistviecher auf mich Colabegossenen. Die Ameisen machten sich auch sofort ans Werk und schlabberten an der Cola herum, daß jeder Werbefilmer eine Freude gehabt hätte. Ab und zu erwischten sie dabei aber leider auch ein Stückchen Haut, das sie, nichtheikel wie sie waren, auch gleich mit hinunterschlangen. Langsam, aber sicher wurde das Kribbeln und Beißen unerträglich.

»Na, redest du jetzt?« fragte der Irre.

»Was willst du denn hören? Meine Lebensgeschichte? Okay, also ich kam ...«

Der Irre holte aus und trat mir in die Eier. Nicht gerade mit voller Wucht, aber doch fest genug, um mich mit Schrecken an den nächsten Tritt und dessen Auswirkungen auf mein künftiges Sexualleben denken zu lassen.

»Schon gut«, sagte ich und winkte ab (bildlich gesprochen natürlich).

»Schön, daß du vernünftig wirst. Also, zum letzten Mal, wo ist der Film?«

»Welchen genau meinst du denn, verdammt noch mal? Ich bin Fotograf, ich hab' vier Millionen Filme hier. Na ja, nicht ganz, vielleicht ein paar Zerquetschte weniger, aber ein bißchen mehr Anhaltspunkte brauche ich schon.«

»Ich will den Film, den du gestern in der Wohnung dieses Toten geschossen hast.«

»Stefan Andergast?«

»Genau.«

»Ich hab' den Film schon entwickeln lassen«, sagte ich und beobachtete mit einem Auge die Ameisen, die ihr Werk munter fortsetzten, und mit dem anderen den Irren, der aussah wie ein Gnom aus einem altertümlichen Märchen.

»Dann gib mir die Bilder und die Negative! Ich weiß, daß du sie hier hast, weil ich nämlich kurz mit deiner Zeitung telefoniert habe, und dort hat man mir gesagt, sie hätten noch kein einziges Bild von der Leiche gesehen. Dein Boß scheint ziemlich sauer zu sein; offensichtlich denkt er, du hast die Fotos an ein anderes Blatt verkauft, das mehr bezahlt.«

Irgend jemand hatte anscheinend das Herz auf der Zunge gehabt, wie man so schön sagt, und ich konnte mir schon denken, wer das war. Frau Eisenhut mußte in Zukunft aufpassen, daß ihr Herz nicht in meiner Hand landete.

»Sie sind in meinem Schreibtisch, zweite Schublade von oben, der braune Umschlag mit der Aufschrift BLOOD'N GUTS.« Was zur Hölle war an diesen Bildern denn so interessant, daß man so ein Spektakel veranstaltete, und das um acht Uhr morgens. Aber ich war schon immer groß im Stellen rhetorischer Fragen gewesen, und das zu den unmöglichsten Zeitpunkten.

Der Irre verschwand für ungefähr eine Minute und kam dann mit den zerschnittenen Negativen und den Abzügen zurück.

»Du hast doch nicht etwa einen zweiten Abzug machen lassen, oder?« fragte er. Er hatte sich vorgebeugt, um dem Treiben der Ameisen auf meinem Körper besser seine Aufmerksamkeit schenken zu können.

Ich schüttelte den Kopf hin und her. Niemand soll nun behaupten, ich sei ein Lügner, denn diese Geste konnte man ja wohl interpretieren, wie man wollte. Der Irre zum Beispiel interpretierte sie als NEIN, ICH HABE KEINEN ZWEITEN ABZUG MEHR, ich dachte mehr in die Richtung MACH, DASS DU AUS MEINEM OHR KOMMST, DU VERFLUCHTE AMEISE!

»Kannst du mir vielleicht sagen, wie spät es ist?« fragte ich.

»Was? Ah, natürlich, warte.« Der Irre verstaute die Negative und die Fotos in den Taschen seiner viel zu großen Jacke und schob dann umständlich den Ärmel über sein Handgelenk zurück.

»Es ist exakt acht Uhr sechzehn.«

»Geht deine Uhr denn genau?« wollte ich wissen.

»Natürlich«, antwortete er beleidigt. »Die ist ganz neu. Hab' ich erst vorgestern gekauft. Hat knapp zwei Blaue gekostet.« Er trat neben meinen Kopf und zeigte mir stolz seine Uhr. Hübsch.

»Du mußt ja in letzter Zeit zu viel Geld gekommen sein, daß du dir so teures Zeug leisten kannst. Ich meine, erst die Ameisen und dann eine Zeitansage anhand einer teuren Präzisionsuhr. Du verwöhnst mich ja richtiggehend.« Ich klappte mein Kiefer zusammen und zermalte dadurch eine allzu neugierige Ameise.

»Na ja«, er lächelte geschmeichelt und verlegen, »man tut eben, was man kann, um seinen Mitmenschen zu helfen, nicht wahr?«

»Sicher, sicher, aber nicht alle sind so aufopfernd um das Wohlergehen anderer bemüht wie du. Du bist ein wahrer Samariter vor dem Herrn.«

»Meinst du das im Ernst?« Seine kleinen Äuglein leuchteten wie angemalt. »So etwas Nettes hat noch nie jemand zu mir gesagt«, meinte er mit tränenerstickter Stimme.

»Wenn du ein Taschentuch suchst, in der Küche sind welche.«

»Danke, vielen Dank.«

Der Irre verschwand in Richtung Küche. Mein Gott, war ich nicht kurz vor der Heiligsprechung?

Ich hörte ein lautes Schneuzen aus der Küche und dann wieder die schlurfenden Schritte des Irren.

»Ich muß jetzt leider gehen«, sagte der Irre. »Mein Boß hat mir gesagt, ich soll nur die Fotos und die Negative holen und dann sofort wieder verschwinden.«

»Wer ist denn dein Boß?«

»Das ist Herr ...« Er knallte sich mit einer abrupten Geste die Hand vor den Mund. »Das darf ich dir nicht sagen. Mein Boß hat mir verboten, irgendetwas zu sagen.«

»Na ja, da kann man nichts machen. Wenn der Boß sagt, du sollst nichts sagen, ist es wahrscheinlich besser so. Ich kenn' das bei meinem Boß. Ich will ja nicht, daß du deinen Job verlierst. Bei den heutigen Arbeitslosenzahlen sollte man etwas vorsichtig sein mit seinem Boß, nicht wahr?«

Der Irre nickte und sagte: »Du bist ein großer Denker, mein Freund. Du solltest dein Leben nicht als Fotograf verschwenden, wenn doch die Philosophie auf dich wartet!«

»Na ja, es läßt sich schlecht philosophieren, wenn man gefesselt auf dem Boden liegt und mit Cola übergossen ist und wilde, ausgehungerte afrikanische Ameisen einen bei lebendigem Leibe auffressen. Könntest du mich nicht losbinden? So als ersten Schritt in eine neue, ideengebierende Zukunft sozusagen?«

Der Irre nickte und hüpfte ein wenig in meine Richtung. Dann blieb er plötzlich stehen und machte ein betrübtes Gesicht.

»Ich verstehe«, sagte ich. »Dein Boß hat dir verboten, mich loszubinden.«

Der Irre nickte.

»Aber du könntest mir wenigstens die Ameisen und die Cola abwaschen, bevor du gehst.«

»Ja, ich glaube, das könnte ich machen. Das hat mir der Boß nicht verboten.«

Der Irre ging ins Bad und kam mit einem Eimer warmem Wasser zurück, das er mit einem Schwung über mich leerte. Die Ameisen kämpften verzweifelt um ihr Leben, aber soweit ich feststellen konnte, hatten nur die wenigsten einen Schwimmlehrgang im Bereich Wasser-Cola-Fluten absolviert. Ich konnte ihr schreckliches Ende nicht mitansehen und schloß die Augen.

»Willst du noch eine Zigarette, bevor ich gehe?« fragte der Irre.

»Wär' ganz fein.«

Er kramte in meinen Sachen herum, fand eine Kippe, zündete sie an und steckte sie mir in den Mund. »Mit der Asche mußt du vorsichtig sein, daß sie nicht auf den Teppich kommt. Die Flecken gehen nämlich sehr schwer wieder raus.«

Ich dankte ihm herzlich für diesen Ratschlag und folgte seinem kleinen Hintern, wie er lautlos durch die Tür verschwand.

Ich nuckelte ein bißchen an meiner Zigarette herum, verteilte die Asche dabei gleichmäßig links und rechts auf meinen Schultern und überlegte, wie ich mich von den Fesseln befreien konnte. Eigentlich gar nicht, war meine Schlußfolgerung nach zwei Minuten scharfem Nachdenken und vergeblichem Zerren an den Stricken. Ein paar Ameisen krochen noch auf mir herum und labten sich an den verwässerten Cola-Resten.

»Das ist nicht gut für eure Gesundheit, Jungs!« rief ich ihnen zu, aber sie wollten nicht auf mich hören und machten unbeirrt weiter. Na ja, es waren ja nicht meine Zähne.

Irgendwann kam ich zu der Überzeugung, daß ich eigentlich auch ein Nickerchen machen könnte, wenn ich schon so friedlich auf dem Boden lag. In die Redaktion würde ich auf jeden Fall zu spät kommen, und da ich von Natur aus ein Optimist war (manchmal zumindest), dachte ich mir, mach das Beste aus deiner Situation (ich kenne nicht viele Dinge, die besser sind als ein gesundes Nickerchen); und zwei Minuten später war ich eingeschlafen.

»Hallo? Enzo, bist du zu Hause?« Ein Maschinengewehrklopfen prasselte auf meine Tür nieder. Ich rieb mir den Schlaf aus den Augen (bildlich natürlich), schüttelte mich so gut es ging und rief: »Die Tür ist offen. Wer immer da draußen steht, möge bitte hereinkommen, da ich im Moment ein wenig indisponiert bin.«

Die Tür öffnete sich mit elegantem Schwung und herein kam – Maria »Ruby« Pichelsteiner. Quelle surprise!

»Was machst du denn hier?« fragte ich.

»Das könnte ich wohl eher dich fragen.« Sie machte die Tür hinter sich zu und stellte ihre bunte Batiktasche auf den Boden.

»Paß auf deine Tasche auf, es wimmelt hier nur so von Ameisen«, warnte ich sie.

»Mein Gott, ein *bißchen* SadoMasoSex laß ich mir ja gefallen, mach' ich ja auch öfter, aber so perverses Zeug ...!« Sie verzog angewidert ihren hübschen Mund.

»He, he, nur keine voreiligen Schlußfolgerungen, ja?« Zumindest ein weiser Spruch von Inspektor Wachtelgruber war mir im Gedächtnis geblieben. »Ich liege keineswegs freiwillig hier, wie du vielleicht annimmst. Es ist mehr eine Laune des Schicksals.«

»Eine Laune des Schicksals, pah, daß ich nicht lache!« Sie lachte kein bißchen, sondern holte sich einen Stuhl aus der Küche und setzte sich neben mich. Sie trug eine pseudoindische Sackhose, eine rote Seidenbluse, einen unförmigen grauen Poncho, ein buntes Band im Haar und hatte trotz der Kälte Sandalen an den Füßen, die angesichts der dicken Militärsocken fast zu platzen schienen.

»Du änderst deinen Stil aber ziemlich schnell«, sagte ich. »Als ich dich das letzte Mal sah, warst du ganz in Schwarz, so weit ich mich erinnern kann.«

»Ich entwickle mich eben weiter – im Gegensatz zu dir.«

»Ich würde wirklich gern mit dir über die verschiedenen Theorien der Entwicklungspsychologie diskutieren, aber im Liegen redet's sich so schlecht.«

Maria »Ruby« Pichelsteiner seufzte, ging in die Küche und kam mit einem riesigen Messer zurück.

»Du bist doch vorsichtig damit, oder?«

»Halt die Klappe!« Sie beugte sich runter und zerschnitt zuerst meine Arm- und dann meine Beinfesseln. Als ich mir das Klebeband runterriß, erwischte ich noch ein paar Haare, was nicht sehr angenehm war. Ich stand etwas unsicher auf den Beinen und massierte mir die Gelenke. Auf dem Boden kämpften noch ein paar verzweifelte und todesmutige Ameisen gegen die Colaflut. Maria »R.« Pichelsteiner saß inzwischen auf einem Stuhl und rauchte eine Mentholzigarette. Bald roch das ganze Zimmer wie ein verbranntes Hustenbonbon.

»Wie kannst du nur dieses eklige Zeug rauchen, Maria?«

»Mir schmeckt es eben«, antwortete sie schnippisch, »und ich will nicht genau wie alle anderen sein. Außerdem heiße ich nicht mehr Maria, sondern Raashami.« Ich unterdrückte mühsam ein Grinsen und machte ein paar gymnastische Übungen, um wieder locker zu werden.

»Weißt du zufällig, wie spät es ist?« fragte ich Maria Ex-Ruby Raashami Pichelsteiner.

Sie warf einen Blick auf ihre Miniaturuhr, die sie als Ring an ihrem Mittelfinger trug, und sagte: »Acht Uhr zweiundzwanzig.«

Na ja, allzulange hatte ich nicht geschlafen. Vielleicht zwei Minuten.

»Was machst du eigentlich hier, um diese Zeit?«

»Ich nahm an einer Meditationsveranstaltung teil, und die dauerte die ganze Nacht, und da ich in der Nähe war, dachte ich, ich komme mal eben vorbei. Du hast ein sehr schlechtes Karma, weißt du, und du solltest etwas dagegen unternehmen. Ich glaube, ich könnte dir helfen.«

»Vielen Dank, äh, Raashami, aber ich glaube, ich komme ganz gut zurecht mit meinem Karma.« Ich drehte mich um und holte eine Ameise hinter meiner Vorhaut hervor. »Du perverse Drecksau!« zischte ich und zerquetschte sie.

»Hast du zufällig jemanden im Stiegenhaus gesehen, als du hergekommen bist?« fragte ich.

Maria Ex-Ruby Raashami Pichelsteiner verzog ihr Gesicht zu Denkerfalten und schüttelte dann den Kopf. »Ich hab' nur ein Taxi gesehen, das vor dem Haus weggefahren ist.«

»Saß jemand drin?«

»Ein Mann, glaube ich.«

»Kannst du dich an das Taxiunternehmen erinnern?«

»Ich weiß nicht, ich glaube nicht.«

»Was hatte es für eine Rufnummer? Vierzig Einhundert?«

»Nein, es war was mit einem Sechser.«

»Sechzig Eins Sechzig?«

»Ja. Ich bin mir ziemlich sicher.«

Okay, zumindest etwas. Ich verschwand kurz unter der Dusche und befreite mich von den letzten Ameisenleichen. Dann zog ich mich an, trank eine Tasse Kaffee, die M. Ex-R. R. P. inzwischen gemacht hatte, und rief in der Redaktion an. Ich erzählte Frau Eisenhut, daß ich schnell in ein Fotogeschäft gehen müsse, um an meiner Kamera etwas nachsehen zu lassen und deshalb eine halbe Stunde später kommen würde. Dann führte ich ein Gespräch mit dem Taxiunternehmen mit der Rufnummer Sechzig Eins Sechzig. Ich erzählte der Telefonistin, daß ein Bekannter von mir seine ganzen Ausweise in meiner Wohnung vergessen hatte und dann zu seiner Freundin gefahren sei. Ich wüßte jedoch die Adresse dieser Freundin nicht und ich wollte nicht, daß mein Freund die ganze Zeit ohne Ausweis herumrannte, und ob die Telefonistin deshalb wohl so freundlich wäre, ihre Fahrer zu fragen, wohin sie eine Fuhre, die gegen zwanzig nach acht diesen Morgen von der Holochergasse weggefahren war, gebracht hatten. Die Dame erklärte sich einverstanden, nachdem sie mir ihre Kontonummer gegeben und mir das Versprechen abgerungen hatte, mich mit einem Dankbarkeitsbeweis in der Höhe von Schilling fünfhundert erkenntlich zu zeigen.

Ich wimmelte Maria Ex-Ruby Raashami Pichelsteiner ab (ich erzählte ihr häßliche Dinge über das indische Kastenwesen und die Behandlung der Frauen in Indien, lauter Dinge, die sie gar nicht wissen wollte), leistete mir zur Abwechslung mal ein Taxi (Vierzig Einhundert) und ließ mich zur Redaktion bringen. Ich war gespannt auf die Fotos, die ich in Stefans Wohnung gemacht und deren Negative und deren ersten Abzug mir dieser Irre geklaut hatte.

Es war ziemlich genau neun Uhr, als ich in der Redaktion ankam. Frau Eisenhut saß am Empfangspult und feilte an ihren Fingernägeln herum, da sie offenbar nichts Besseres zu tun hatte. Ich trat zu ihr hin und gab vor, ein kleines Gestrüpp in einem Blumentopf zu bewundern.

»Ein Geschenk von Herrn Glitzermann«, sagte Frau Eisenhut und zeigte mir zum ersten Mal seit ich sie kannte ein Lächeln, dessen Ausführung nicht im bloßen Versuch steckenblieb. Wahrscheinlich war der Strauch ein Geschenk von einer von Glitzermanns Freundinnen und er hatte ihn nicht schnell genug loswerden können, oder der Weihnachtsbaum hatte das Gestrüpp seinerseits für eine seiner Freundinnen gekauft, die sich aber ziemlich abrupt von ihm getrennt hatte – die Konsequenz war dieselbe: Glitzermann wollte keinen Strauch, und deshalb hatte ihn jetzt Frau Eisenhut, die sich an diesem Staubfänger auch noch erfreute.

»Nettes Bäumchen«, sagte ich. »Eine vergewaltigte Schwarzeiche?«

»Das ist ein echter Bonsai, Sie Banause!« rief Frau Eisenhut.

»Kleiner Scherz am Rande. Übrigens, hat der Boß sich aufgeregt?« Ich steckte mir eine Kippe ins Gesicht.

»Nicht besonders. Ich teilte ihm mit, daß Sie Ihre Kamera zur Reparatur gebracht haben. Das stimmt doch hoffentlich?«

Ich setzte meinen besten ICH BIN EIN EHRLICHER BERNHARDINER UND WÜRDE NIEMALS LÜGEN-BLICK auf und nickte zur Bestätigung noch ein wenig mit meinem Hundekopf.

»Irgend jemand hat vor knapp einer Stunde für Sie angerufen und nach den Bildern gefragt, die Sie von diesem Toten gemacht haben. Er war äußerst höflich und zuvorkommend. Ich wußte gar nicht, daß Sie Freunde haben, die über ein gewisses Maß an Manieren verfügen«, fuhr Frau Eisenhut fort. Na ja, damit war zumindest meine Vermutung bestätigt, wer sein Herz auf der Zunge spazierenführte.

»Und, haben Sie ihm die Auskünfte gegeben, die er haben wollte?« fragte ich.

»Natürlich! So einem höflichen Menschen kann ich doch nichts abschlagen. Das war hoffentlich in Ordnung.« Ihre Augen zeigten eine leichte Unsicherheit.

»Aber sicher«, sagte ich, ganz der perfekte Lügner.

Plötzlich wurde die Tür aufgerissen, und Huber steckte seinen kleinen fetten Schädel heraus. »Erstklassige Fotos, die Sie von diesem Hund gemacht haben, Breitmaier. Auch die Story ist okay. Sie haben die arme Frau von Heißenbüttel ja ganz schön ausgequetscht.«

»Ja, ja, sie scheibt demnächst ihr Memoiren mit dem Titel *Aus dem Leben einer Zitrone.*«

Huber hatte wohl sein Hörgerät nicht eingeschaltet, denn er fuhr fort, als ob ich nichts gesagt hätte. »Auch die Fotos von der Leiche hab' ich schon gesehen. Alle Achtung Breitmaier, ich hätte Sie nicht für so abgebrüht gehalten.«

Ich setzte mein abgebrühtestes Gesicht auf, Marke Charly Bronson, und fragte Huber, wo denn die Fotos jetzt seien.

»Die sind momentan im Layout. Ach ja, dieser Anruf heute morgen, Sie hatten doch nicht etwa vor, die Bilder an die Konkurrenz zu verhökern, oder?«

Ich wollte ihm gerade erklären, daß ich zu so etwas nie imstande wäre, bei meiner Loyalität zur Zeitung, aber ein Piepsen im Hintergrund ließ Huber zurück ins Büro flitzen wie von einem Gummiband gezogen. Offensichtlich mußte er sich wieder seinem Computerspiel widmen. Seit ich regelmäßig die Highscoreliste löschte, konnte sich Huber kaum noch von dem Kasten lösen, sehr zur Freude der anderen Mitarbeiter.

Ich ging in den Layoutraum und klopfte Fischl auf den Rücken.

»Willst du mir das Kreuz brechen, Breitmaier?« Er strich sich seine eisengrauen Haare aus der Stirn, kratzte sich an seinem wuchtigen Zinken, mit dem man problemlos eine Dose Mais hätte öffnen können, und rückte seine schwere, horngefaßte Brille zurecht. Fischl wäre der unbestrittene Gewinner jedes MISTER RÄUDIGES T-SHIRT-WETTBEWERBS. Diesmal trug er ein vergammeltes Exemplar mit der verblichenen Aufschrift Cerutti 1881, dessen Ärmel nur noch eine traurige Ansammlung gräulicher Gewebefasern waren, die von einem hellgelben Bündchen notdürftig zusammengehalten wurden.

»Ich brauch' die Bilder, die ich gestern abend hergeschickt habe.«

»Wozu denn? Der Boß hat sie sich angesehen und war begeistert. Kommt nicht oft vor. Ich hab' schon die richtigen ausgesucht.« Fischl schlurfte zu einem Stuhl und ließ sich schwerfällig nieder. In einem Jahr würde er in Pension gehen, und was dann aus der Zeitung wurde, wußte kein Mensch. Fischl schaffte es, sogar ein Foto eines weißen Blattes Papier noch aufzufetten und in ein Horrorbild für die Zombies da draußen zu verwandeln. Er wäre der geborene Werbefachmann. Er konnte aus einem Nichts etwas machen, das ausschaute wie ein Viel, obwohl es eigentlich ein Nichts geblieben war.

»Gib mir einfach die Fotos und frag nicht so viel!« Fischl war ein ziemlicher Eigenbrötler und dazu noch ein bißchen taub, deshalb mußte man fast immer schreien, wenn man etwas wollte. Außerdem wollte Fischl einem das, was man brauchte, meist nicht geben, weshalb man noch lauter schreien mußte.

»Ja, ja, Breitmaier, geh mir nicht auf die Nerven! Glaubst du, ich hab' nichts anderes zu tun, als deine dämlichen Fotos zu suchen?«

»Sei in deiner Wortwahl etwas vorsichtiger, wenn du von meinen Kunstwerken sprichst«, ermahnte ich ihn, nur halb im Scherz. Fischl warf mir einen Verpiß-dich-doch-Blick zu und fing an, in irgendwelchen meterhohen Bilderstapeln herumzukramen. Ich setzte mich in der Zwischenzeit auf seinen Stuhl und zündete mir an der alten Zigarette eine neue an.

»Kannst du nicht lesen? Da steht RAUCHEN VERBOTEN!« Er kam zu mir her, starrte mich einen Moment lang mit zusammengekniffenen Augen an und sagte dann: »Ach, was soll's, gib mir auch eine.« Ich gab ihm eine Kippe, und wir saßen vier oder fünf Minuten in dem engen, muffigen Raum und verpesteten schweigend die Luft. Dann stand Fischl schwerfällig wieder auf, kramte noch ein Weilchen herum und warf mir schließlich einen großen braunen Umschlag zu, auf dem KATEGORIE A (MENSCHLICHE LEICHE, GUT SICHTBAR, AUCH DETAILS) draufstand. Ich bedankte mich bei Fischl, ließ ihm noch eine Zigarette da, falls sein fortgeschrittener Lungenkrebs nochmals Appetit bekam, und fuhr mit dem Lift runter zur Cafeteria. Heutzutage hat ja jedes Gebäude, in dem es mehr als zwei Büros und eine Besenkammer gibt, seine unvermeidliche Cafeteria. Das war so sicher wie die Warteschlangen im Supermarkt. Seit dem EU-Beitritt und den damit verbundenen Lebensmittelpreissenkungen kauften die Leute ja wie die Irren, als ob eine Hungersnot bevorstünde. Wahrscheinlich würden sie auch Hundescheiße kaufen, wenn man sie zuerst mit einem gesalzenen Preis belegte und diesen dann drastisch reduzierte.

Ich bestellte mir bei einer pickelgesichtigen Bedienung einen Cappuccino, der wie Schaum einer Kläranlage aussah und auch so ähnlich schmeckte, zündete mir eine Zigarette an (am einzig erlaubten Platz, direkt neben dem Klo; äußerst witzig!) und sah mir den Stapel Fotos nochmals durch. Leiche, Leiche, Leiche, Blumentopf, Leiche, Fußboden, Sofa, Zigarrenstummel, Blumentopf, Leiche, Blutrinnsale, Leiche, Tapete, Kreuzworträtsel, Blumentopf mit Zigarrenstummel, Leiche, Stuhl, Decke ... Nichts, absolut nichts. Entweder der Irre war paranoid gewesen (oder dessen Auftraggeber), was allerdings nichts erklärte, denn Paranoia gehörte wohl zur Standardausrüstung jedes Irren, oder ich war blind. Ich schlürfte den schmierigen Rest meines Kaffees aus, holte den letzten Zug aus meiner Zigarette, überflog den Bilderhaufen ein letztes Mal, wieder ohne Ergebnis, und ging zurück zur Redaktion.

Ich kam gerade aus dem Layoutraum, wo ich die Fotos wieder abgegeben hatte und Fischl mit seiner Zigarette und dem damit verbundenen Husten am Kämpfen war, als mich Frau Eisenhut ans Telefon rief.

»Eine Dame von der Taxigesellschaft. Wollen Sie irgendwo hinfahren? Wir haben doch noch einen freien Firmenwagen, das heißt, wenn Fräulein Sommer nicht wieder im Halteverbot ...«

Ich unterbrach ihre philosophischen Überlegungen und riß ihr den Telefonhörer aus der Hand.

»Also Sitten sind das hier!« entrüstete sich Frau Eisenhut.

»Jetzt seien Sie doch endlich still, ich versteh' ja kein Wort!« sagte ich und setzte mich auf die Schreibtischkante.

»Was?« fragte die Dame von der Taxizentrale. »Soll ich nun sprechen oder still sein?«

»*Sie* sollen sprechen, ich meinte die Sekretärin.« Frau Eisenhut warf mir einen giftigen Blick zu. Ich retournierte ihn postwendend.

»Also, was haben Sie herausgefunden, Gnädigste?« flötete ich in den Hörer. Sogar der Weihnachtsbaum wäre angesicht meines Schmalzbasses neidisch geworden.

»Einer unserer Fahrer, den Namen darf ich Ihnen nicht nennen, hatte wirklich heute eine Fuhre von der Holochergasse, gegen halb neun Uhr am Vormittag.«

»Sagte ich ja!« Verdammt noch mal! Ich brauchte keinen Papagei.

»Mäßigen Sie Ihren Tonfall, mein Herr!« sagte die Stimme scharf.

»Ja, ja, Entschuldigung. Weiter bitte.«

»Er fuhr durch die halbe Stadt und setzte den Fahrgast, einen kleinen dünnen Mann mit Stirnglatze ...«

»Das ist er!«

»... am Karl-Marx-Hof ab.«

»Wo genau am Karl-Marx-Hof? Das Ding ist einen Kilometer lang. Es gibt da ungefähr hundert einzelne Stiegenaufgänge. Wie soll ich ihn denn da finden?« Ich sprang vom Schreibtisch und verhedderte mich in der Telefonschnur. Frau Eisenhut stieß einen kleinen, damenhaften Entsetzensschrei aus.

»Das ist Ihr Problem«, erwiderte die Stimme eisig.

»Ich hoffe, Sie vergessen meine kleine Überweisung nicht.«

Ich starrte den toten Hörer eine Sekunde lang an, hing kurz dem Gedanken nach, ob die Taxidame wirklich so blöd war und glaubte, ich würde ihr fünfhundert Mücken überweisen, und legte dann auf.

Frau Eisenhut half mir, mich aus dem Kabelgewirr wieder zu befreien und verschanzte sich anschließend hinter ihrem Empfangspult, wo sie an der Bearbeitung ihrer Fingernägel weitermachte. Ich schenkte ihr einen wohlwollenden Blick und ging in den allgemeinen Redaktionsraum, in dem ein paar Studentinnen und Studenten herumsaßen und mit irgendwelchem Blödsinn den Speicherplatz der Festplatten verschwendeten. Die Hauptsache war, sie bekamen gratis Eintrittskarten für alle Veranstaltungen und konnten sich im Glanz der Prominenten suhlen, die dann anschließend in der Zeitung fertiggemacht oder gelobt wurden, je nachdem, ob den Journalisten die ihnen gebührende Aufmerksamkeit anheimgefallen war oder nicht. Nach einer gewissen Zeit bekamen sie einen Wisch in die Hand gedrückt, den sie für ihr Publizistikstudium brauchten, und dilettierten in Zukunft bei irgendwelchen pseudoinformativen Blättchen herum, die von der Wirtschaft und vom Tourismusverband gesponsert wurden.

Ich suchte mir einen freien Computer und verbrachte den Rest des Vormittags und die Hälfte des Nachmittags damit, eine halbwegs anständige Geschichte über den Mord in der Stumpergasse zusammenzustückeln, was ziemlich anstrengend war, da weder komplizierte Satzstrukturen noch Fremdwörter vorkommen durften, um die Leser nicht zu überfordern.

Gegen drei am Nachmittag drückte ich meine letzte Zigarette aus und schlich mich aus dem Büro. Es war niemand da, der mich aufhielt. Ich schlenderte zwischen schicken und reichen und gelifteten und langweiligen Männern und Frauen die Kärntner Straße entlang, kaufte mir eine Portion Bratkartoffeln, die hier fünfzehn Schilling kostete, im Gegensatz zu den Außenbezirken, wo man dieselbe Portion auch schon für zehn Mücken bekam, und fuhr mit der U3 bis zur Schweglerstraße. Dort stieg ich aus, überquerte die Märzstraße und ging in den *Hofer*, um mich mit ein paar billigen und nicht allzu ekligen Fressalien einzudecken.

Als ich wieder draußen war, packte ich die prallvolle Einkaufstasche mit der linken und stopfte mir mit der rechten eine Cremeschnitte in den Mund. Das Zeug war so süß, daß ich das entsetzte Gesicht meines Zahnarztes angesichts der nächsten Routineuntersuchung vor meinem geistigen Auge sah.

Ich wischte mir die klebrigen Finger an der Hose ab, fluchte ein paar Autofahrern nach, die nicht anhalten wollten, um mich über die Straße zu lassen, und mühte mich mit der schweren Tasche die Treppen hoch.

In der Wohnung angekommen, ging ich ins Badezimmer, holte drei Aspirin aus dem Kästchen und spülte sie mit einem halben Liter Milch hinunter. Dann schnappte ich mir meinen allesfressenden Staubsauger und entfernte die colagetränkten Ameisenleichen aus meiner Wohnung.

Anschließend stellte ich mich eine viertel Stunde lang unter die heiße Dusche und hüllte mich in einen perlenden und schäumenden Duschbadteppich ein.

Duftend und tropfend ging ich zurück ins Zimmer und zog mich wieder an, während ich eine Zigarette rauchte. Dann schnappte ich mir meinen kleinen blauen Rucksack, vergewisserte mich, daß mein Büchereiausweis drin war, und machte mich auf den Weg. Ich bog rechts in die Hütteldorfer ein, ging ein paar hundert Meter, überquerte die Straße und trat dann in die Bücherei.

Die Bibliothekarin brachte mir einen Stapel Zeitschriften, »Profil«, »Spiegel«, »Falter«, die ich teils aufmerksam durchlas, teils nur in groben Zügen überflog, da mich die Überschriften nicht interessierten. Nach einer guten Stunde stand ich auf, streckte mich kurz durch und begann durch die Bücherregale zu streunen. Wie üblich, schnappte ich mir zuerst ein paar Krimis und nahm dann auf gut Glück noch zwei Romane mit, von denen ich zumindest schon irgendwo eine positive Kritik gelesen hatte.

Als ich wieder in meiner Wohnung war, machte ich mir erst mal eine Tasse Kaffee und setzte mich dann an den Küchentisch, um die Bücher ein wenig genauer zu begutachten und mich für dasjenige zu entscheiden, das als erstes meinem Lesehunger zum Opfer fallen würde. Ich beschloß, mit dem Buch einer niederländischen Autorin anzufangen, die in ihrem Heimatland sensationelle literarische und auch pekuniäre Erfolge feierte. Nach zehn Seiten mußte ich grinsen, nach weiteren zehn lachen, und bei Seite dreiunddreißig wurde mir diese billige Ansammlung von pseudophilosophischem und -psychologischem Geschwätz einfach zu viel, und ich warf das Buch in eine Ecke; genau neben meine stinkende Socke. Da konnte ich mir ja genausogut den Blödsinn in der Glotze anschauen, dabei mußte ich mich wenigstens nicht besonders anstrengen. Ich ging also nochmals in die Küche, holte mir ein Bier und tötete so nach und nach auch noch den letzten Rest meines Verstands.

Irgendwann gegen Mitternacht wachte ich kurz auf, vertrieb die Reste meines Nonnenalptraums aus meinen Gehirnwindungen, schaltete den Fernseher ab, stellte die leere Bierflasche, die ich die ganze Zeit über in der Hand gehalten hatte, auf den Boden und drehte mich um. Der letzte Gedanke, den ich hatte, war, daß ich diesem irren Bilderräuber morgen mal einen Besuch abstatten würde.

SIEBTES KAPITEL

Das erste was ich spürte als ich aufwachte war, daß mir der linke kleine Finger, der, der eigentlich gar nicht mehr vorhanden war, ziemlich weh tat. Ich hatte diese Phantomschmerzen zum Glück nicht allzu oft, aber wann immer sie bisher aufgetreten waren, hatte das nichts Gutes bedeutet.

Nach dem üblichen Gang unter die Dusche und dem anschließenden spartanischen Frühstück, eine Tasse Kaffee, oder auch zwei, und eine Zigarette, zog ich mich ohne Eile an und fuhr mit der U3 zur Redaktion.

Dort gab es nicht allzuviel zu tun. Da keine weiteren Tiermorde passiert waren, hatte ich vorerst keine Story, die ich mir aus den Fingern saugen mußte, also ging ich zuerst in den Layoutraum, brüllte Fischl guten Tag und warf ihm eine Packung ultraleichter Zigaretten zu. Laut Werbung waren diese Dinger so leicht, daß man mindestens zwei Schachteln davon pro Tag rauchen mußte, um seinen wohlverdienten Lungenkrebs zu bekommen. Fischl bedankte sich mit einer fahrigen Handbewegung, rückte seinen Stuhl genau unter das RAUCHEN VERBOTEN-Schild und fing mit sichtlichem Genuß an zu qualmen.

Anschließend schnappte ich mir eine heutige Zeitung und überflog kurz meinen Artikel über den Mord am armen Tassilo, der eine halbe Seite einnahm. Die andere Hälfte war mit dem üblichen grobkörnigen Foto geschmückt. Gezeichnet war das Ganze mit *Hanno P. Inscher*, meinem Pseudonym in der Redaktion. Ich war ziemlich zufrieden; der Artikel fiel entschieden nicht aus dem Rahmen des allgemeinen

Schrotts, den ich sonst noch im Blatt entdecken konnte. Ich wollte die Zeitung eben zurück auf den Tisch legen, als mir ein kleiner Artikel ganz in der untersten linken Ecke auffiel: POLIZISTENMÖRDER IN SPITALSTRAKT VERLEGT. Daneben ein winziges Foto, das den Autoschieber Manfred Sobietzky, alias Rübe, zeigte. Na, wenn das keine Überraschung war! Ich hatte nicht gedacht, daß ich Rübe irgendwann noch mal wiedersehen würde, am allerwenigsten in Form einer kurzen und ungenauen Zeitungsnotiz (Rübe hatte keinen Polizisten, sondern einen Zöllner erschossen). Ich beschloß, in den nächsten Tagen im Knast anzurufen und einen Besuchstermin zu vereinbaren.

Ich legte die Zeitung zurück auf den Tisch, schenkte Frau Eisenhut, die am Empfangspult saß und sich liebevoll um ihr Gestrüpp kümmerte, einen Blick auf mein vollständiges, durch regelmäßiges Putzen mit einer in der Werbung empfohlenen Zahnpasta strahlendweißes Gebiß und klopfte schließlich bei Hubers Büro an. Ich hörte ein durch die dicke Tür gedämpftes *Herein* und folgte seiner Aufforderung.

Huber saß an seinem Schreibtisch und hatte die Nase fast in den Bildschirm seines Laptops versenkt. Seine kurzen, fetten Finger huschten unruhig über die Cursortasten des Keyboards, um sein Raumschiff den tödlichen Kugeln der syphilitischen Weltraumfledermäuse zu entziehen.

»Was gibt's denn, Breitmaier?« preßte er zwischen seinen Zähnen hervor. »Sehen Sie nicht, daß ich schwer beschäftigt bin?« Mit seiner Manschette wischte er sich einen dicken Schweißtropfen von seiner glänzenden Stirn.

»Ich wollte nur fragen, ob Sie irgendeinen Auftrag für mich haben«, sagte ich und trat einen Schritt näher, um einen Blick auf den Computer zu werfen. Die Fledermäuse hatten Huber ganz schön zugesetzt. Er hatte nur noch ein Raumschiff übrig und war erst in Level neun.

»Verdammt, jetzt hat's mich erwischt! Diese Drecksvögel, diese mutierten!« Er drehte sich halb zu mir um und sagte: »Was, ein Auftrag? Lassen Sie mich kurz überlegen. Ach ja, wir machen gerade eine Umfrage über das Wiedererstarken der christlichen Religion und haben natürlich auch ein paar Prominente dazu befragt.«

»Was sagen die denn?«

»Ist doch scheißegal, was die sagen. Wir wollten, daß es einen Trend gibt, der ganz deutlich Ausdruck eines neuerwachten Religionsbewußtseins ist, und genau diese Antwort haben wir denn auch überall bekommen. Man muß diesen Promis nur drohen, ihr Foto nicht abzudrucken, dann sagen sie alles, was wir hören wollen.«

»Und was hab' ich damit zu tun, ich meine, wenn die Umfrage sowieso schon fertig ist?« Ich steckte mir eine Zigarette an.

»Eine dieser dämlichen Tussis hat sich wieder mal liften lassen und weigert sich jetzt, ein altes Foto von ihr in die Zeitung setzen zu lassen. Also werden Sie hinfahren und eine aktuelle Aufnahme machen.«

»Das ist alles?« fragte ich und inhalierte den kratzigen Rauch.

»Ja, das ist alles. Es genügt, wenn Sie es morgen früh fertig haben. Den Nachmittag können Sie sich von mir aus freinehmen.«

»Danke, Herr Huber«, schleimte ich und drehte mich um, um zu gehen.

»Ach, noch was ganz anderes«, rief er mir hinterher. »Haben Sie eine Ahnung, wer andauernd die Highscoreliste in meinem Computerspiel löscht? Ich racker mich hier stundenlang am Tag ab, um unter die ersten fünf zu kommen, und jedesmal wenn ich es geschafft habe, ist die Liste am nächsten Morgen wieder leer.«

Ich setzte meinen unschuldigsten Blick auf, Marke POLITIKER VOR GERICHT, DER VON DER BETRUGSAFFÄRE, DIE DIREKT VOR SEINER NASE ABGELAUFEN IST, NICHT DAS GERINGSTE BEMERKT HAT, und sagte: »Keine Ahnung, Herr Huber, vielleicht ist Ihr Computer defekt. Sie sollten ihn mal zur Wartung geben.«

Während Huber noch über meinen Rat nachdachte, ging ich zur Eisenhut und ließ mir die Adresse dieser Frau geben, einer Fernsehansagerin und Möchtegernschauspielerin, die alle sechs Monate ihr Erspartes einem sogenannten Schönheitschirurgen in den Rachen warf. Sie hieß Franziska Rosenhof und wohnte in Heiligenstadt. Na ja, das lag wenigstens in der Nähe des Karl-Marx-Hofs; auf diese Weise konnte ich den Auftrag gleich mit meinen ganz persönlichen Interessen verbinden.

Ich schnappte mir den Fiesta, wieder mal mit einem Strafzettel garniert, und fuhr raus nach Heiligenstadt. Das Wetter war etwas wärmer geworden und der Schnee zum größten Teil schon weggeschmolzen, was die Fahrt mit den gemeingefährlich glatten Reifen etwas erleichterte. Ich orientierte mich kurz anhand einer Straßenkarte, verfuhr mich dennoch zweimal und landete schließlich gegen viertel vor zehn vor dem Wohnblock, in dessen obersten Stockwerk Franziska Rosenhof ein Penthouse gekauft hatte.

Ich sagte der quäkenden Stimme aus der Gegensprechanlage, wer ich war und was ich wollte, und fuhr dann mit dem Lift in den fünften Stock hoch. Frau Rosenhof erwartete mich in einem knappsitzenden Bademantel und goldbestickten Sandalen, aus denen blutrot lackierte Zehennägel neugierig ins Freie schauten.

»Freut mich, Sie zu sehen, junger Mann«, hauchte sie und streckte ihre kleine Hand aus, die zwei Zentimeter vor meinem Mund reglos in der Luft verharrte und auf einen Handkuß wartete, den sie von mir jedenfalls nie bekommen würde. Als ich mir nur kurz an die Stirn tippte und dann einfach in die Wohnung trat, hüstelte Frau Rosenhof etwas erstaunt und verärgert, sagte aber nichts weiter als: »Legen Sie doch Ihren Mantel ab, und machen Sie es sich bequem. Ich mache uns inzwischen einen Kaffee.«

Na ja, warum nicht. Kaffee konnte nie schaden, außer man litt unter Koffeinallergie.

Ich sah mich in der hellen und dezent eingerichteten Wohnung um und wählte dann einen halbwegs vernünftig aussehenden Sessel, der mit violettem Samt bespannt war und in dem es sich ganz hervorragend saß.

»Milch oder Zucker?« hauchte es irgendwo neben meinem linken Ohr.

»Beides bitte.« Ich lehnte mich entspannt zurück und hielt diskret nach einem Aschenbecher Ausschau, den ich auch gleich fand. Es war eines dieser großen alten Standmodelle, die die Asche und die Zigarettenstummel mittels einer Art Karussell in die Tiefen des

Aufnahmebehälters beförderten. Ich beugte mich vor, zog das Ungetüm, das verdammt schwer war, neben mich her und zündete mir ohne um Erlaubnis zu fragen eine Zigarette mit einem schweren Tischfeuerzeug, das einen brüllenden Stier mit erstaunlich detaillierter Hodensackgestaltung darstellte, an.

»Sie haben doch nichts dagegen, oder?« fragte ich scheinheilig und blies den Rauch links an ihrem zugegebenermaßen immer noch (oder besser gesagt schon wieder) hübschen Gesicht vorbei.

»Nein, nein, junger Mann, rauchen Sie nur. Ich selbst fröne leider auch immer noch diesem Laster. Dreimal habe ich versucht, damit aufzuhören, ohne Erfolg. Ich habe mir diese Nikotinpflaster aus der Apotheke geholt, bin zu einem Hypnotiseur gegangen und hab' mich zuletzt sogar auf einen obskuren Wunderheiler eingelassen, der per Zeitungsannonce versprach, daß jeder, der einen Tausender auf sein Konto überweist, innerhalb einer Woche von dieser Sucht geheilt sei.«

Ich kannte diese Annonce. Sie stand eine Weile lang fast jeden Tag in unserem Blatt. Bis der Wunderheiler, der übrigens selbst Kettenraucher war, wegen Betrugs angeklagt wurde und noch am selben Tag aus der Stadt verschwand.

»Aber Sie sind sicherlich nicht gekommen, um mit mir über solche Belanglosigkeiten zu sprechen, habe ich recht?« Sie warf mir eine unfertige Ausführung eines neckischen Blicks zu und setzte die Kaffeetasse mit einstudierter Grazie an ihren gelifteten Mund.

»Nein, ich meine ja. Wie Sie wissen, bin ich hier, um ein aktuelles Foto von Ihnen aufzunehmen. Für die Umfrage, Sie erinnern sich.« Ich drückte meine

Kippe aus und wagte mich ebenfalls an den Kaffee. Er war wider Erwarten ganz passabel.

»Ach ja«, seufzte sie, »diese Umfrage. Wissen Sie, ich halte ja überhaupt nichts von diesen Neuen Konservativen.«

»Aber soweit ich mich erinnern kann, sagten Sie doch, daß Sie diese Strömung sehr begrüßen würden.«

Sie lachte, warf ihren Kopf zurück und sagte: »Nun, das war das, was Ihr Boß gerne hören wollte, also habe ich ihm den Gefallen getan. Wissen Sie, ich bekomme vielleicht eine kleine Fernsehrolle in einer diesen blödsinnigen Rosamunde Pilcher-Verfilmungen, und da ist es ganz gut, ein bißchen ein konservatives Image zu haben. Die Produzenten dieser Serie lesen Ihr Blatt schließlich auch.«

»Aber in Wirklichkeit denken Sie ganz anders darüber?« hakte ich nach.

»Ich weiß selbst nicht so genau, wie ich in Wirklichkeit darüber denke. Ich schätze, das weiß nur mein Psychoanalytiker.«

Ich trank meinen Kaffee aus, überlegte, ob das ein Scherz gewesen sein sollte, und überbrückte die vorläufige Stille, indem ich einen kurzen Blick über das Bücherregal gleiten ließ. Fast alles, was gemeinhin als Klassiker der Moderne bezeichnet wurde (vor allem von Leuten, die nicht einmal die Hälfte davon gelesen hatten), war vorhanden, dazu unzählige Romane und Sachbücher, von denen ich weder die Autoren noch die Titel jemals gehört hatte. Am linken Rand befand sich noch ein ganz beachtlicher Stapel englischer und französischer Taschenbücher.

»Haben Sie die alle gelesen?« fragte ich und deutete auf das Regal.

»Natürlich. Glauben Sie, die stünden nur zu Dekorationszwecken hier?« Ich schüttelte den Kopf, obwohl ich natürlich genau das gedacht hatte. Nach einer weiteren kurzen Pause, die Frau Rosenhof dazu benutzte, uns beiden nochmals Kaffee nachzuschenken, sah sie mich an und sagte: »Ich denke, wir sollten mit dem Fotografieren anfangen, da ich annehme, daß Sie auch noch etwas anderes zu tun haben, als herumzusitzen und Kaffee zu trinken. Ich jedenfalls schon.«

»Falls Sie sich noch ein wenig herrichten wollen, lassen Sie sich ruhig Zeit damit. Es dauert ein paar Minuten, bis ich die Lampen in die richtige Position gebracht habe.«

Franziska Rosenhof sprang von ihrem Sessel auf und schnaubte: »Nicht daß ich es nötig hätte, mich ein wenig herzurichten, aber wenn Sie meinen, daß ich auf dem Foto besser aussehe, wenn ich meinen halben Kosmetikkoffer im Gesicht spazierenführe, bitte!« Es folgte ein dramatischer Abgang, wie er wahrscheinlich auch in dem Skript zu dieser dämlichen Serie vorkam. Ich betrachtete das Ganze als eine schauspielerische Übung von Frau Rosenhof und beschloß, mich nicht aufzuregen.

Nach ein paar Minuten, ich hatte inzwischen einen Sessel so umgestellt, daß er das Bücherregal als dekorativen Hintergrund hatte, tauchte Frau Rosenhof wieder auf. Sie hatte ein glänzendes schwarzes Nichts an, das zugleich streng und aufreizend wirkte. Ihr Haar war straff nach hinten gekämmt und wurde von einer dezenten silbernen Schnalle in dieser Position festgehalten. Von dem erwähnten Kosmetikkoffer konnte keine Rede sein, denn ihr Gesicht war nur mit einem

Hauch Puder und Rouge bedeckt und ansonsten völlig ungeschminkt.

»Zufrieden?« fragte sie schnippisch und drehte eine perfekte Pirouette.

Ich nickte und zeigte ihr das Okay-Zeichen.

»Na gut. Was soll ich machen?«

»Setzen Sie sich einfach in diesen Sessel dort, und schauen Sie ganz normal in die Kamera.« Sie ging hinüber und setzte sich mit einer fließenden und anmutigen Bewegung. Ich verstellte das Stativ noch ein wenig, regulierte die letzten Feinheiten an der Kamera und verschoß einen Vierundzwanzigerfilm mit ihrem hübschen und ernst dreinblickenden Gesicht. *Diese* Bilder würden zur Abwechslung mal richtig gut werden.

Frau Rosenhof erhob sich aus dem Sessel und fuhr sich mit der Hand über die Stirn. »Ziemlich heiß, diese Scheinwerfer«, sagte sie.

»Ich weiß. Man muß sich erst mal daran gewöhnen.«

»Sie entschuldigen mich kurz?« Ohne eine Antwort abzuwarten, verschwand sie um eine Ecke und ging in ein Zimmer, aus dem nach ein paar Sekunden das Rauschen einer Dusche leise nach draußen sickerte. Ich baute die Scheinwerfer ab, verbrannte mir dabei ein bißchen die Finger und setzte mich, nachdem alles ordentlich wieder im Koffer und in der Tasche verstaut war, um eine letzte Tasse Kaffee und eine Zigarette zu genießen. Als das Rauschen der Dusche aufgehört hatte, ging ich zur Badezimmertür, klopfte an und sagte: »Kann ich mal kurz Ihr Telefon benutzen?« Die Tür ging auf, Frau Rosenhof stand splitternackt, nur mit einem Lächeln bekleidet, vor mir und sagte: »Natürlich. Tun Sie sich keinen Zwang an.« Die Zweideutigkeit ihrer Worte war mir zwar bewußt, reizte mich aber dennoch weniger, als sie mir vielmehr auf die Nerven ging. Ich hatte nun weiß Gott schon genug nackte Frauen gesehen, und die meisten von ihnen waren in derselben Kategorie anzusiedeln wie die Rosenhof auch. Ich konnte auf so kindische Spielchen wirklich verzichten.

Ich ging zurück ins Wohnzimmer und rief bei den Bullen an, wo ich Inspektor Wachtelgruber verlangte. Nach einigen Minuten Wartezeit kam er schließlich ans Telefon und brummte ein kurzes »Hallo« in den Hörer.

»Irgendetwas Neues im Fall Andergast?« fragte ich.

»Nein, nichts. Ein Haufen anonymer Hinweise und Verdächtigungen, aber nichts Konkretes. Es scheint so, als ob alle Leute, die mit ihren Nachbarn irgendwann mal einen Streit hatten, diese jetzt bei der Polizei denunzieren, mit den Worten *Dem trau ich alles zu!*«

»Und was ist mit diesem Salzwasser?«

»Unsere Chemiker sind noch dran. Könnte alles mögliche sein, Meeressalzbad, Konservierungsflüssigkeit für Fleisch, irgendwas aus einem Chemiekasten, einfach alles. Sie haben auch keine Idee, um was es sich dabei handeln könnte, ich meine, Sie waren doch kurz vor seinem Tod in seiner Wohnung. Ist Ihnen da nichts aufgefallen, was irgendwie in diese Richtung geht?«

»Absolut gar nichts, mein lieber Wachtelgruber. Wobei ich hinzufügen möchte, daß ich nicht sehr bewußt nach Salzwasserflecken Ausschau gehalten habe. Können Sie mich in der Redaktion anrufen, falls Sie was Neues erfahren?«

»Natürlich. Übrigens, waren Sie gestern im Abendgottesdienst? Ich dachte, ich hätte Sie dort gesehen?«

»Ja, ich war der Meinung, ich sollte mich wieder mal ein wenig mit Gott unterhalten.« Ich legte auf und wunderte mich, wie leicht mir diese Lüge von den Lippen gegangen war. Was sollte es, wenn Wachtelgruber dadurch glücklicher wurde. Da war sie wieder, meine berühmt-berüchtigte gute Tat für den Tag. Als ich mich umdrehte, stand Franziska Rosenhof hinter mir und schaute verlegen zu Boden. »Ich hoffe, Sie haben das vorhin nicht mißverstanden.«

»Das hoffe ich auch«, sagte ich. »Ich werd' jetzt wohl lieber gehen, damit Sie Ihre Rolle in der Rosamunde-Pilcher-Verfilmung lernen können.« Ich nahm meine Tasche und den Koffer mit den Lampen und verabschiedete mich von der starr dastehenden Frau.

Als ich den Krempel im Wagen verstaut hatte, zündete ich mir erst mal eine Zigarette an und dachte ein bißchen nach. Über die massakrierten Viecher, über den Mord an Stefan, über den Irren, der mir den Film geklaut hatte und wie zur Hölle das alles zusammenhing. Nach ein paar ergebnislosen Minuten gab ich es auf, mein armes Hirn zu zermartern, warf die ausgerauchte Kippe aus dem Fenster und fuhr zum Karl-Marx-Hof.

Ich ließ den Fiesta bei der U-Bahn-Station Heiligenstadt stehen und ging auf gut Glück in den ersten Innenhof des riesigen, über einen Kilometer langen Wohnkomplexes. Die Chancen, hier meinen Irren zu finden, waren ungefähr so groß wie die eines Kettenrauchers, keinen Lungenkrebs zu bekommen; wenn man der Zigarettenwerbung Glauben schenkte, also durchaus ermutigend.

Ich setzte mich erst mal auf eine neu aussehende Bank, die noch etwas feucht war, und genoß die Sonne. Eigentlich hatte ich nicht die geringste Ahnung, wie ich jetzt vorgehen sollte. Ich hätte natürlich an jede einzelne Tür klopfen können, aber bei rund einhundert Stiegenaufgängen zu je drei oder vier Stockwerken und je drei oder vier Wohnungen hätte ich dann ungefähr eintausend Personen befragen müssen, wenn man die, die arbeiteten oder aus sonst einem Grund nicht zu Hause waren, nicht mitrechnete. Das war erstens sehr zeitraubend und zweitens ziemlich anstrengend. Außerdem bestand ja noch die Möglichkeit, daß der Irre überhaupt nicht hier wohnte. Gut, der Taxler hatte ihn hierher gebracht, aber vielleicht war er mit der U- oder Straßenbahn zurück- bzw. weitergefahren oder er wohnte auf der anderen Seite der Heiligenstädter-Straße und nicht im Karl-Marx-Hof. Daran durfte ich erst gar nicht denken.

Nach reichlichem Überlegen kam ich zu dem Schluß, daß es am vernünftigsten war, alle Hausbesorgerinnen zu befragen. Die würden wohl am ehesten wissen, ob dieser Irre hier wohnte, und falls ja, wo genau; außerdem ersparte ich mir dadurch das Abklappern von rund zwölfhundert Wohnungen. Dennoch würde das Ganze wohl ziemlich zeitaufwendig werden; eine hübsche Beschäftigung für meine freien Tage und Abende. Ich packte also meinen Notizblock aus, schrieb die ersten zwanzig Nummern auf und machte mich an die Arbeit.

»Guten Tag, gnädige Frau, Breitmaier von ›Voll Dran!‹, der Zeitung für die kleinen Bürger mit den großen Sorgen. Ich mache gerade eine Reportage über Menschen, die anderen Menschen im Alltag helfen.«

»Was hab' ich damit zu tun?« fuhr mich die Frau an und rückte ihre pinke Trainingshose zurecht. »Ich helf' nur mir selber. Mir hilft ja auch niemand!«

»Tja, wie soll ich sagen, Gnädigste, vor zwei Tagen bekam eine Frau in der Straßenbahn ihre Wehen. Sie war im letzten Waggon, und außer ihr befand sich nur noch ein Mann in diesem Waggon. Als die Frau schließlich zusammenbrach und die Geburtswehen eingesetzt hatten, entband dieser fremde Mann sie. Allerdings verschwand er sofort darauf. Die Frau sagte uns aber, daß er hier, bei der U-Bahn-Station vorne, ausgestiegen sei. Jetzt suche ich eben jenen Mann, um ein Portrait von ihm in ›Voll Dran!‹ zu bringen.« Ich mußte erst mal tief durchatmen nach dieser Märchengeschichte. Wer weiß, vielleicht hatte Huber ja recht und ich war wirklich ein guter Reporter. So langsam glaubte ich jedenfalls selber dran.

Auch die Hausbesorgerin glaubte mir, denn sie fragte: »Wie sah dieser Mann denn aus?« Aus dem Hintergrund drangen Babylärm und die hysterische Stimme einer Seifenopernmarionette nach draußen.

»Er war ziemlich klein, schlecht angezogen und hatte eine Stirnglatze.«

Die Frau überlegte ein paar Sekunden und sagte dann, daß sie so einen Mann nicht kenne. Aber ihr Gatte könne mir vielleicht helfen, der sei nämlich im Moment arbeitslos und deshalb immer zu Hause.

»Erwin, kannst du mal kommen? Hier ist ein Reporter, der dir gern ein paar Fragen stellen würde!«

Erwin kam sichtlich schlechtgelaunt zur Tür und versetzte seine Stirnfransen durch seinen wiegenden Schritt in ein leichtes Auf-und-Ab-Hüpfen. Seine breite männliche Brust wurde von einer *Eduscho*-

Goldkette und einem Nest aus schwarzen Haaren geschmückt. Ansonsten trug er nur Boxershorts, die mit Dinosauriern bedruckt waren.

Ich wiederholte meine Frage, und Erwin antwortete: »Glauben Sie, ich hab' den ganzen Tag nichts anderes zu tun, als herumzusitzen und durch die Gegend zu glotzen?« Na ja, vermutlich würde er genau das tun, mit einem Bier in der linken und der Fernbedienung in der rechten Hand, aber ich wies diese Unterstellung natürlich schärfstens zurück und verabschiedete mich von dem freundlichen Ehepaar.

Die nächsten paar Tage spielte sich so ziemlich das gleiche ab. Ich klingelte an den Türen, tischte den Hausbesorgerinnen oder deren Ehemännern meine Lügengeschichte auf und erntete jedesmal nur ein Kopfschütteln. Ab und zu bekam ich einen Kaffee oder ein Bier, ab und zu eindeutig zweideutige Angebote, und einmal hatte mir ein eifersüchtiger Ehemann eine Ohrfeige verpaßt, weil er mich für seinen Nebenbuhler hielt. Nach vier Tagen, die sich durch drastisch zurückgegangenen redaktionellen Eifer auszeichneten, hatte ich ungefähr die Hälfte aller Hausbesorgerinnen abgeklappert. Mein Notizblock sah aus wie ein Gedicht eines experimentellen Lyrikers, dem nichts Besseres eingefallen war, als ein paar eingekreiste Zahlen durchzustreichen oder die Buchstaben N. D. daneben zu schreiben, was hieß NIEMAND DA.

Am fünften Tag, einem Samstag, schien die Sonne schon ungewöhnlich stark für einen Februarnachmittag, also brach ich meine Fragerei vorläufig ab, setzte mich auf eine Bank in einem der Innenhöfe und gönnte mir eine Zigarette. Das warme Wetter hatte auch

Scharen von Kindern ins Freie gelockt, die von ihren Müttern, Tanten und Omas beaufsichtigt wurden. Das eindringliche Gemurmel der Erwachsenen mischte sich mit dem Geschrei der Kleinkinder und der sanften Brise, die durch die kahlen Bäume fuhr. Als ich meine Zigarette ausgemacht und den Stummel angesichts der Habichtsaugen der älteren Damen in den Mülleimer geworfen hatte, setzten sich zwei Frauen unbestimmten Alters neben mich auf die Bank. Kaum daß sie saßen, zogen sie auch schon beide eine Pakkung *Hobby* aus ihren Kitteltaschen und begannen wie wild zu rauchen.

»Dieser Mikanuda wieder!« fing die eine an.« Jeden Tag sag' ich dem, er soll das Stiegenhaus nicht immer mit seinen ekligen Zigarren vollstinken, aber nützt es was, nein! Der grinst einen nur blöd an, bläst einem den Rauch ins Gesicht und geht weiter. Aus der Wohnung sollte man den schmeißen. Ist Arzt, oder war es jedenfalls einmal, und raucht trotzdem wie ein Schlot, wo er doch weiß, wie ungesund das ist für die Lunge.« Sie nahm einen langen, tiefen Zug an ihrer Zigarette, während die Nachbarin nickte und irgendwas vor sich hinmurmelte. Ich starrte noch ein bißchen in den beinahe wolkenlosen Himmel, als mir plötzlich ein Gedankenblitz durchs Gehirn zuckte. Ich wußte zuerst nicht genau, was dieses verdammte Stechen im Kopf mir mitteilen wollte, aber als ich dann wieder die Rauchschwaden der beiden Frauen durch die klare Luft wabern sah, da fiel es mir plötzlich ein, jetzt erst, obwohl ich es schon mindestens zehnmal gesehen hatte – die Zigarre, beziehungsweise der Stummel. Auf ein paar Bildern, die ich wahllos in Stefans Wohnung gemacht hatte, war ein Zigarrenstummel, der in einem Blumentopf steckte, zu sehen. Da aber Stefan, nach eigener Aussage, eigentlich nicht geraucht hatte und dieser Wachtelgruber beinahe einen Anfall bekommen hätte, als ich meine Kippe ausgepackt hatte, konnte der Stummel eigentlich nur vom Mörder stammen. Deshalb auch die Sache mit den Fotos. Der Mörder hatte den Stummel vergessen, kein Wunder, er war ja ein Irrer, wenn man mal davon ausging, daß derjenige, der mir die Bilder geklaut und derjenige, der Stefan die Kutteln aus dem Leib gerissen hatte, ein und dieselbe Person waren.

Ich drehte mich zu den beiden Schönheiten und fragte die rechte, die gleich neben mir saß: »Entschuldigen Sie, Gnädigste, Sie haben gerade über einen gewissen Mikanuda gesprochen. Könnten Sie mir vielleicht verraten, wie dieser Mikanuda aussieht?« Ich setzte mein bestes Lächeln auf, Marke FRAU BESTÄTIGT, DASS DIESES WASCHMITTEL *WIRKLICH* WEISS WÄSCHT, und erntete dafür einen Schwall warmen Rauches ins Gesicht, bevor ich auch eine Antwort bekam.

»Wieso, sind Sie von der Polizei? Hat der Mikanuda wieder mal was ausgefressen?« Ihre neugierig-großen Augen zeigten keinerlei Zurückhaltung.

Ich erzählte ihr die Lügengeschichte mit der schwangeren Frau und der Geburt in der Straßenbahn, die mir inzwischen so leicht von den Lippen ging, daß ich sie selbst schon glaubte, und bekam dafür wieder einen erstaunten Gesichtsausdruck zu sehen.

»Was, der Mikanuda hat ein Kind auf die Welt gebracht? Ich hab' geglaubt, der säuft den ganzen Tag nur, wenn er nicht gerade sein Geld verspielt an diesen Automaten.«

»Aber Erna, der war doch früher mal Chirurg oder so was, wieso soll der denn kein Kind nicht auf die Welt bringen können?« sagte die Dame neben Erna, ein grotesk fettes Etwas in einem rosafarbenen Kittel, auf dem sich grüne Kühe offenbar ziemlich langweilten.

»Ja, da hast du allerdings recht, Purgi. Ich hab' auch gehört, daß der Mikanuda früher mal was Besseres war, aber so wie der säuft ...« Sie hob ihre abgearbeiteten Hände Richtung Himmel und stieß einen leisen Seufzer aus.

»Entschuldigen Sie, Sie haben mir immer noch nicht gesagt, wie dieser Mikanuda denn eigentlich ausschaut«, unterbrach ich die beiden.

»Wie eine Ratte!« sagte Erna und fing gleich darauf an zu kichern. »Genau wie eine Ratte. Klein, schmierige Haare, auf der Stirn schon eine Glatze, dazu diese graue Haut und die gelben Zähne. Rasiert ist der auch nie!«

»Wissen Sie, wo ich diesen Mikanuda finde?« fragte ich.

»Ja freilich, ich bin ja die Hausbesorgerin in dem Stiegenhaus, wo er wohnt. Das ist gleich da drüben, die Nummer Zweiundsiebzig. Warten Sie, ich geh' mit Ihnen rüber. Ich sitz' sowieso schon zu lang hier, ich hab' schließlich noch was zu tun. Also Purgi, bis morgen dann!« Die beiden Frauen verabschiedeten sich, und ich ging neben Erna hinüber zur Nummer Zweiundsiebzig.

»Ich glaub, der ist noch nicht wieder zu Hause. Ich hab' ihn nämlich vorhin weggehen sehen, vor einer halben Stunde erst.«

»Ich probier's trotzdem«, sagte ich und marschierte

in den zweiten Stock hoch. Ich blieb vor einer Tür stehen, die mit einem großen rot-weißen Aufkleber verunziert war, der in schwarzer Schrift verkündete, daß Österreicher nur in österreichischen Geschäften einkaufen sollten. Über diesem schwachsinnigen Kleber pickte das Emblem von Jägermeister-Magenbitter, und so quasi als Krönung des Ganzen hing über dem Spion eine offensichtlich selbstgebastelte Österreichfahne aus Plastillin, in deren weißen Balken mit blauer Knetmasse das Wort WIEN stand. Ich zückte meine Kamera und schoß ein paar Fotos davon; das würde mir sonst kein Mensch glauben.

Die Wohnung von Mikanuda lag genau gegenüber von diesem nationalen Schwachkopf; da hatten sich zwei Irre gefunden. Das Türschild, in krakeliger Schrift geschrieben, verkündete, daß hier Bodo Mikanuda wohnte und keinen Wert auf Werbeprospekte legte. Ich drückte auf die Klingel, wartete zehn Sekunden und drückte noch mal. Keinerlei Reaktion. Auch auf mein ziemlich heftiges Klopfen reagierte niemand, na ja, fast niemand, der Hund des Schwachkopfs nebenan fing an zu bellen, verstummte aber nach ein paar Augenblicken wieder.

»Ich hab' Ihnen doch gleich gesagt, daß er noch nicht wieder da ist«, sagte Erna, die sich die Stiegen hinaufmühte.

Das wußte ich mittlerweile auch. Da half nur noch die bewährte Kinomethode Marke Kreditkarte. Das Schloß an der Tür war das übliche billige tosische Modell, und wenn Mikunda nicht abgesperrt hatte, was zu hoffen war, würde es meiner Mitgliedskarte vom VEREIN ALLEINERZIEHENDER VÄTER nicht lange widerstehen.

»Müssen Sie nicht schnell einkaufen gehen oder so was?« fragte ich. Erna warf mir einen verständnislosen Blick zu, biß sich kurz auf die Unterlippe und sandte dann ein verschlagenes Lächeln in meine Richtung.

»Sie wollen beim Mikanuda einbrechen, stimmt's?« Ihre Äuglein glitzerten wie Glitzermanns Billigstschmuck.

»Einbrechen würde ich das nicht nennen«, sagte ich. »Ich will ja bloß schauen, ob ich ein Foto von ihm in der Wohnung finde. Sie wissen ja, ich mache diese Reportage, und da brauche ich eben ein Bild dafür, möglichst noch heute, da das Ganze ziemlich bald in Druck geht.«

Plötzlich bekam ihr Gesicht einen listigen Ausdruck. »Könnten Sie von mir nicht auch ein Foto in die Zeitung bringen?«

»Also, ich weiß nicht, haben Sie auch ein Kind zur Welt gebracht, ein fremdes, meine ich?«

Sie lachte. »Nein, natürlich nicht. Aber Ihre Zeitung hat doch diese Kochrubrik DIE BESTEN REZEPTE DER HAUSMANNSKOST. Da könnten Sie doch mein Spezialrezept für mein berühmtes Gulasch bringen und dazu ein Foto. Da ist nämlich immer eines dabei!« Sie schaute mich triumphierend an. Ich überlegte kurz und gab dann nach; was blieb mir auch anderes übrig.

Ich postierte Erna vor die weiße Tür von Mikanudas Wohnung und machte ein paar Aufnahmen von ihrem Gesicht. Es war ziemlich dunkel im Stiegenhaus, trotz der Deckenbeleuchtung, und ich mußte den Blitz zu Hilfe nehmen. Erna zuckte ein paarmal leicht zusammen, entschuldigte sich mit einem verlegenen Lächeln dafür und strahlte mich dann an wie der Weihnachtsmann.

»Kommen Sie mit runter, dann such' ich Ihnen schnell das Rezept raus. Das hab' ich nämlich versteckt, damit meine Nichten es nicht in die Finger kriegen. Die kommen sonst nicht mehr auf Besuch zu mir, wenn sie das gute Gulasch auch zu Hause essen können.«

Wir gingen runter ins Parterre. Ich wartete vor der Wohnungstür, hörte Erna irgendwelche Schubladen aufreißen, und schließlich drückte sie mir einen vergilbten Fetzen Papier in die Hand.

»Hier ist das Rezept«, flüsterte sie. »Passen Sie ja gut darauf auf, daß Sie es nicht verlieren.«

Ich beschwichtigte sie, bat sie, hier unten zu warten, falls Mikanuda unerwartet auftauchte, und ging zurück in den zweiten Stock. Das Schloß machte wie erwartet nicht viel Schwierigkeiten, es klemmte ein bißchen, aber mit ein wenig Hinundherruckeln ließ sich die Tür schließlich öffnen.

Das erste, was ich bemerkte, war dieser satte, schwere Geruch von Zigarren, der in der Luft hing. Mikanuda schien offensichtlich kein großer Freund von häufigem Lüften zu sein. Ich durchquerte den knapp zwei Meter langen Gang und entschied mich für die linke Tür, die, wie sich zeigte, ins Schlafzimmer führte. Das Bett stand in der linken Ecke vom Eingang aus gesehen und schaute aus, als hätten ein paar Typen einen Ringkampf darin veranstaltet. Die schmuddeligen, mit Brandlöchern und dubiosen Flekken verzierten Decken waren teilweise zerrissen, das gräuliche Leintuch fehlte überhaupt, das heißt, nicht ganz, es lag unter dem Bett und bedeckte einen Teil des Staubes, der sich dort unten versammelt hatte. Auch die Matratze, die wahrscheinlich einmal giftgrün war, machte ganz den Eindruck, als hätte sie jemand bei einer Sperrmüllsammlung von der Straße geholt.

Ich wandte mich nach rechts und besah mir den Rest des Zimmers. Zwei abgewetzte orangefarbene Sessel standen unförmig auf dem fadenscheinigen grauen Teppich, der an den Rändern ausgefranst war und auch sonst ein Sammelsurium kurioser Gegenstände auf sich trug, wie zum Beispiel ein defektes Radio, eine malträtierte Kollektion Barbiepuppen sowie einen geköpften Ken.

Gegenüber den Sesseln, rechts vom Fenster, befand sich ein knapp eineinhalb Meter hohes Bücherregal, das größtenteils mit Buchklubausgaben irgendwelcher Bestseller und mit medizinischen Fachbüchern gefüllt war. An den Wänden hingen vergilbte und eingerissene Poster von irgendwelchen dubiosen Wallfahrtsorten, die einen Großteil ihres ehemals vielleicht heiligen Glanzes eingebüßt hatten, nach dem zu urteilen, wozu Mikanuda die Poster benutzt hatte, nämlich als Zielscheiben für seine ausgefransten Darts.

Ich ging hinüber und zog ein paar der Medizinbücher heraus. *Chirurgie*, *Anästhesie*, *Die Morphologie des Menschen* und ähnliches. Als ich die *Morphologie des Menschen* wieder zurück ins Regal stecken wollte, fiel mir ein kleines, dünnes, in schwarzes Leder gebundenes Büchlein auf, das auf der Vorderseite nur eine goldgeprägte Zahl aufwies: 1990. Ich schlug das Buch auf und blätterte es durch. Es war ein Jahrbuch der Medizinischen Fakultät, das die Studienabgänger nach erfolgreich bestandener Prüfung erhielten; so stand es jedenfalls auf der dritten Seite. Ich hatte immer gedacht, so was würden nur Ami-Studenten bekommen, und ein nochmaliger Blick auf die dritte Seite bestätigte meine Vermutung; das Buch war eine Spende eines gewissen H.-A. S., der offensichtlich seine Anonymität wahren wollte. Na ja, *so* schlimm war das Buch nun auch wieder nicht.

Als ich ungefähr in der Mitte angekommen war, hielt ich plötzlich inne und betrachtete mir die Fotos der Abgänger etwas genauer.

Ich entdeckte Mikanudas Bild ziemlich schnell. Er hatte damals schon eine ziemlich ausgeprägte fliehende Stirn gehabt. Ich ließ meine Augen weiter über die Fotoreihen wandern, als ich plötzlich auf einen anderen bekannten Namen stieß: Agnes Steinkopf. Die herzkranke Tochter des konservativen Politikers. Na, wenn das kein Zufall war. An den Rand der Seite, genau neben das Bild von Agnes Steinkopf, war eine Nummer gekritzelt: 424683. Über der letzten Ziffer, der Drei, war so etwas wie ein kleiner Haken oder Pfeil, der nach rechts zeigte. Keine Ahnung, was das sein sollte; vielleicht war Mikanuda beim Schreiben ausgerutscht. Ich zog meinen Notizblock hervor und schrieb die Nummer ab, samt des Hakens oder Pfeils.

Dann verließ ich das Schlafzimmer und ging hinüber in die Küche. Hier sah es aus wie in einer Sammelstelle für Altglas. Mindestens zehn Whiskeyflaschen standen neben einem mit Aufklebern geschmückten Monster von einem Kühlschrank auf dem Boden, umringt von zahlreichen Tequila- und Wodkaexemplaren. Sah ganz so aus, als wäre mein geliebter Freund ein kleiner Alkoholiker. Als ich die Schubladen untersuchte, fand ich einen Wisch vom Casino Baden bei Wien, in dem einem gewissen Bodo Mikanuda mitgeteilt wurde, daß er so lange keinen Eintritt mehr erhalten würde, bis all seine Spielschulden getilgt worden seien; wieviel das genau war, stand nicht dabei. Alkoholiker, krankhafter Spieler mit ziemlichen Schulden, seinen Job als Chirurg offenbar verloren – so langsam ergab das Ganze einen Sinn. Vor allem in Verbindung mit der Tatsache, daß Mikanuda die herzkranke Tochter von Steinkopf kannte.

»Hallo Sie, Herr Reporter, der Mikanuda ist jetzt da!« tönte Ernas Stimme durchs Treppenhaus in die offene Wohnung hinein.

Verdammt, sie sollte doch *mich* warnen und nicht diesen Irren! Ich rannte hinaus, knallte die Tür hinter mir zu und sprintete runter. Auf dem ersten Absatz begegnete mir Erna, die aufgeregt in der Luft herumfuchtelte und mir zu verstehen gab, daß der Mikanuda ohne ersichtlichen Grund Reißaus genommen hatte. Ich ließ die verdutzte Frau stehen und versuchte Mikanuda einzuholen. Als ich draußen im Hof war, sah ich, wie er gerade durch eines der Tore auf die Straße hinauslief.

»Bleib stehen, verdammt noch mal!« rief ich ihm nach, aber natürlich blieb er nicht stehen; er war zwar ein Irrer, aber nicht vollkommen dämlich. Er drehte nur seinen Kopf nach hinten und zeigte mir seine rosafarbene Zunge. Die Straßenbahn der Linie D, die genau in dem Moment vorbeifuhr, sah er natürlich nicht, und als er sie bemerkt hatte, war es schon zu spät für ihn, denn die eine Hälfte seines Schädels klebte am Scheinwerfer des Triebwagens, die andere war gleichmäßig auf dem Boden verteilt. Blut, Gehirnmasse, Knochensplitter und Haare bildeten einen inhomogenen Fleck an der Stelle, an der vor zwei Sekunden der Kopf gewesen war.

Nach einem kurzen Moment der Starre explodierte die ganze Szenerie: Ein Teil der Fahrgäste der Straßenbahn rannte hysterisch schreiend nach draußen, der Fahrer kotzte neben einen Mülleimer und besudelte sich seine ach so schicke Uniform, ein schaulustiger Autofahrer, der stehengeblieben war, verursachte einen Auffahrunfall, und eine Bande Kids in farbenprächtiger Kleidung, alles mindestens drei Nummern zu groß, diskutierte lautstark darüber, ob hier etwa ein richtiger Film gedreht wurde oder alles nur schnöde Realität war.

Hinter mir hörte ich einen kurzen, erstickten Schrei; als ich mich umdrehte, lag Erna bewußtlos auf dem Gehsteig. Ich dachte zwei Sekunden lang nach, beschloß dann, sie liegenzulassen, und eilte zum Unfallort. Dort knipste ich eine schnelle Fotoserie, bevor einer der Passanten aus seiner Lethargie oder Hysterie erwachte und das machte, was wohl jeder in so einer Situation mit mir machen würde, nämlich mich zum Teufel wünschen. Zu diesem Herrn ging ich dann ganz von alleine.

»Wo stecken Sie denn den ganzen Tag, Breitmaier? Gerade wurde ein Mann von einer Straßenbahn überfahren, in Heiligenstadt draußen. Glitzermann ist zur Zeit nicht verfügbar, und Sie treiben sich irgendwo in der Weltgeschichte herum! Die Konkurrenz ist sicher schon längst an Ort und Stelle!« Die feinen Speichelpartikel, die Hubers Mund entströmten, ließen sich gleichmäßig auf meiner Jacke nieder.

Ich warf ihm den braunen Umschlag, den ich vor ein paar Minuten aus dem *Fotokarussell* abgeholt hatte, auf den Schreibtisch. Wahrscheinlich waren die Abzüge noch feucht.

Huber riß den Umschlag auf, starrte verblüfft die Fotos an und sagte dann in ehrlichem Erstaunen: »Also wirklich Breitmaier, ich muß schon sagen ...« Er sagte nichts mehr, sondern schüttelte nur seinen Kopf. Im Hintergrund konnte ich den summenden Laptop sehen, auf dem wieder das Computerspiel lief.

»Ich hab' mich anscheinend wirklich in Ihnen getäuscht, Breitmaier. Während die Konkurrenz sich noch gegenseitig behindert, um wenigstens einen Blutfleck, der halb weggewaschen wurde, zu fotografieren, bringen Sie mir schon die fertigen Bilder. Das war erstklassige Arbeit, Breitmaier! Gratuliere.« Er kam hinter seinem Scheibtisch hervor und klopfte mir auf die Schulter, was ihm nicht ganz leicht fiel, da er gut einen Kopf kleiner war als ich.

»Wieso waren Sie eigentlich so schnell dort?«

»Intuition, Herr Huber.«

»Aha, verstehe«, flüsterte er verschwörerisch. »Der richtige Riecher. Ich hab' ja schon immer gewußt, daß Sie das Zeug zu einem erstklassigen Reporter haben, Breitmaier! Weiter so.« Er klopfte mir nochmals auf die Schulter, und damit war ich entlassen.

Im Vorzimmer saß Frau Eisenhut hinter ihrem Empfangspult und blätterte in einem Heim-und-Herd-Magazin.

»Wo ist eigentlich Fräulein Sommer?« fragte ich. »Die hab' ich schon seit Tagen nicht mehr gesehen. Ist sie krank?«

Frau Eisenhut riß sich sichtlich widerstrebend von

ihrem Blättchen los und sagte: »Sie versteckt sich immer irgendwo, wegen dem Boß. Am Vormittag ist sie in der Cafeteria, den Nachmittag verbringt sie entweder bei Fischl oder im Bullenstall von einem der Praktikanten, der momentan nicht da ist.«

»Und wie schreibt sie dann ihr Zeug?«

»Überhaupt nicht. Aber dem Boß scheint das gar nicht aufzufallen. Er klebt Tag und Nacht vor diesem dämlichen Computerspiel. Im Moment leite ich sozusagen den ganzen Laden hier.« Ihre Stimme hatte einen stolzen Unterton bekommen.

»Na dann viel Glück«, sagte ich. »Schlimmer kann das Blatt ja nicht mehr werden.« Ich beachtete den wütenden Blick von Frau Eisenhut gar nicht, als ich zum Lift ging.

Als ich zu Hause war, stellte ich mich zunächst unter die Dusche, machte mir anschließend etwas zu essen und setzte mich dann mit einem Glas Wein und einer Zigarette an den Küchentisch, um das Ganze noch mal durchzudenken. Also, angefangen hatte die Geschichte mit den massakrierten Viechern. Dann wurde Stefan umgebracht, offenbar von den gleichen Tätern. Was fehlte, war das Motiv. Kein Mensch würde einen anderen Menschen töten, nur um aller Welt mit Gewalt die Grausamkeit des Tötens von Tieren vor Augen zu führen. Mit solch einer komischen Strategie würden wohl nicht allzu viele Leute zum Vegetarismus zu bekehren sein. Wer weiß, vielleicht hatten die Täter das falsche Werbeinstitut gewählt. Nein, diese Theorie von den militanten Vegetariern war einfach lächerlich. Also mußte etwas anderes dahinterstecken. Entweder diese Tiergeschichte hatte mit der Ermordung von Stefan überhaupt nichts zu tun, oder die Tiermorde waren nur als Vorspiel und Ablenkungsmanöver für den eigentlich wichtigen Mord, eben den an Stefan, gedacht. Ich konnte mich noch nicht genau für eine der beiden Theorien entscheiden. Tatsache war, Stefan wurden, genau wie den Viechern, die Eingeweide entfernt. Tatsache war, der Irre, der gegen die Straßenbahn gerannt war, hatte sich früher als Chirurg betätigt, wenn man dem Geschwätz von Erna und dieser Purgi Glauben schenken durfte. (Was war das übrigens für eine Abkürzung, Purgi? Etwa von Walpurga? Gott steh ihr bei!). Tatsache war, am Tatort war eine blutverschmierte Hamburgerverpackung zurückgelassen worden. Tatsache war, daß Stefan mit einem Stich in den Hals getötet worden war, und nicht ins Herz, was doch am einfachsten und sichersten gewesen wäre. Angenommen, der Irre war der Mörder, und da war ich mir ziemlich sicher, dann hatte er sicherlich einen triftigen Grund, ihm nicht ins Herz zu stechen. Und hier kam die Verbindung mit Steinkopfs Tochter ins Spiel: Der Irre kannte die Tochter, die Tochter war herzkrank, der Irre hatte Stefan nicht ins Herz gestochen, und – die Eingeweide fehlten, zumindest teilweise, unter anderem auch das Herz. Dann war da noch dieser ominöse Salzwasserfleck auf dem Boden in Stefans Wohnung. Ich glaubte mich erinnern zu können, daß ich irgendwo mal gelesen hatte, daß man Spenderherzen in einer Salzwasserlösung aufbewahrte. So langsam paßten alle Teile zusammen: Steinkopf hat eine herzkranke Tochter und kann offensichtlich kein Spenderherz für sie auftreiben. Also engagiert er den arbeitslosen Chirurgen Mikanuda, inzwischen Alkoholiker und krankhafter Spieler mit hohen Schulden, der zuerst ein paar Tiermorde begeht, um die Polizei auf eine falsche Fährte zu locken. Dann sucht sich Mikanuda ein Opfer, möglichst jung und gesund, geht zu seiner Wohnung, klingelt, hält ihm den Elektroschocker an den Hals, tötet Stefan mit einem Stich in den Hals, öffnet den Brustkorb, schneidet das Herz heraus, verstaut es in einem Behälter, der mit dieser Salzwasserflüssigkeit gefüllt ist, und verschwindet wieder. Dabei vergißt der Irre aber den Zigarrenstummel, den ich unwissentlich fotografiert hatte, und er besucht mich am nächsten Tag, um mir die Bilder abzunehmen. Die Frage war nur, weshalb er die Bilder unbedingt wollte, wenn die Polizei doch ohnehin den Stummel hatte und mit ziemlicher Sicherheit ein Foto davon. Er hatte mit den Bullen wohl kaum das gleiche Spielchen abgezogen wie mit mir. Fragen über Fragen über Fragen; und der einzige, der sie beantworten konnte, war dieser Steinkopf. Ich würde morgen mit ihm ein Interview über die bevorstehenden Wahlen machen.

ACHTES KAPITEL

Ich legte den Hörer auf und grinste. Dieser Wachtelgruber brachte einen aber auch immer zum Lachen, wenngleich meist unfreiwillig. Ich hatte ein kurzes Gespräch über einen Zigarrenstummel geführt, wahrscheinlich ein Beweisstück in einem Mordfall, und Wachtelgruber hatte stur und steif behauptet, der Mann von der Asservatenkammer habe keinen solchen Stummel in seiner Sammlung kurioser Beweisstücke. Der Beamte habe zwar alle vorhandenen Beweisstücke zweimal durchgesehen, habe jedoch nichts, was auch nur entfernt einer Zigarre oder einem Stummel ähnlich schaute, gefunden. Dafür jede Menge unanständiges Zeug, wie Wachtelgruber sich ausdrückte, Vibratoren, Peitschen, Handschellen (nicht von der Polizei, wie er ausdrücklich hinzufügte!), Pornohefte und ähnliches. Wachtelgruber hielt mir einen fünfminütigen Vortrag über das Schwinden der moralischen Werte in diesem Land, und ich stimmte ihm zu, während ich mich zusammenreißen mußte, um nicht lauthals loszulachen.

Ich erkundigte mich auch wegen der Bilder, die der Polizeifotograf vom Tatort gemacht hatte, und mußte zu meiner nicht allzu großen Überraschung hören, daß der Laborant, der die Bilder hätte entwickeln sollen und zufälligerweise erst seit einer knappen Woche diese Arbeit ausführte, seiner Aufgabe offensichtlich nicht gerecht geworden war und nur lauter unscharfe Aufnahmen zustande gebracht hatte. Ich wollte diesem Dilettanten schon einen Job als Knipser bei »Voll Dran!« anbieten, hielt mich aber diskreterweise zurück; ich wollte nicht schuld sein an Glitzermanns Arbeitslosigkeit.

Ich rauchte gerade meine übliche Morgenzigarette und fragte mich, wie dieser Zigarrenstummel aus der Asservatenkammer hatte verschwinden können. Es war unmöglich, daß die Bullen ihn am Tatort nicht gefunden hatten, so blöd waren in der Regel nicht mal sie. Also hatte ihn entweder einer der Polizisten aus der Kammer geklaut und zu Ende geraucht (wahrscheinlich nach einem Anruf eines gewissen Politikers oder auf Anordnung eines gewissen Inspektors), oder er war auf wundersame Weise beim Transport ins Polizeipräsidium verlorengegangen.

Ich drückte die Kippe aus, schluckte das letzte Restchen Kaffee hinunter und fuhr in die Redaktion. Dort ging ich als erstes in Hubers Büro.

»Was wollen Sie denn, Breitmaier? Sehen Sie nicht, daß ich zu tun habe?« Er saß wie üblich vor seinem Laptop und knallte ein paar räudige Fledermäuse ab, die es verdient hatten, zu sterben. Ganz recht, gib's ihnen!

»Ich würde gern ein Interview mit Steinkopf machen, Boß«, sagte ich und setzte mich auf die Schreibtischkante.

»Mit diesem Politiker?« fragte Huber. Er drehte sich um. »Aber warum denn genau mit dem? Übrigens, runter von meinem Schreibtisch!«

Ich sprang wieder runter und warf einen schnellen Blick auf die Highscoreliste. Schlappe hundertzweiundvierzigtausend Punkte. Gerade mal Platz fünf bei fünf Rängen.

»Nun, ich dachte, ich könnte eine gute Story draus machen. Steinkopf, dessen Tochter schwer herzkrank ist, wie er sich auf den Wahlkampf vorbereitet. Dazu eben das Exklusivinterview, ein paar private Fotos und so weiter.«

Huber runzelte die Stirn und steckte die Spitze seiner enormen Zigarre in Brand. »Hm, eigentlich keine schlechte Idee, Breitmaier. Sie entwickeln langsam eine gewisse Eigeninitiative, das gefällt mir. Ja, warum nicht? Das würde gut neben diese Umfrage zur Wiedererstarkung der christlichen Religionen passen. Steinkopf ist doch konservativ, oder?«

»Der Papst ist ein Liberaler gegen den.«

»Sehr gut.« Huber rieb sich seine kleinen fetten Hände. »Und Sie glauben, Sie kriegen so einfach einen Termin? Der Mann ist doch sicher schwer beschäftigt.«

»Das lassen Sie mal ruhig meine Sorge sein, Boß. Ich sehe da kein Problem.«

»Bis wann können Sie die Story und die Bilder abliefern? Sie wissen ja, diese Umfrage erscheint übermorgen.«

»Sie bekommen alles zusammen noch heute abend.«

Huber schaute mich verblüfft an und sagte: »Wenn Sie sich da nur nicht überschätzen.« Dann drehte er sich um und widmete sich wieder seinen Fledermäusen. Seit er dieses Computerspiel hatte, kümmerte sich der Boß so gut wie gar nicht mehr um seine Fische. Aus Mitleid ging ich zum Aquarium, öffnete die Futterdose, die daneben stand, und schüttete den hungrigen Biestern ein paar Flöhe ins Wasser. Dann marschierte ich rüber in den Redaktionsraum und rief diesen Steinkopf an.

Natürlich mußte ich mich zuerst durch die obligatorischen Schlachtreihen von Sekretärinnen durchkämpfen. Je näher ich an Steinkopfs Büro herankam, desto eisiger und abweisender wurden die Stimmen (die Sekretärinnen hingegen schienen mir immer jünger zu werden). Als ich schließlich bis zu Steinkopfs ganz privater Privatsekretärin vorgedrungen war, mußte ich dieser sogar mit einem Hetzartikel gegen sie drohen, um überhaupt mit Steinkopf persönlich sprechen zu können. Dann, nach fast einer viertel Stunde Herumtelefoniererei, hatte ich ihn endlich am Apparat.

»Steinkopf hier«, sagte eine dumpfe Stimme. »Mit wem spreche ich bitte?«

»Hier ist Breitmaier von ›Voll Dran!‹ Ich würde Sie gerne über die bevorstehenden Wahlen interviewen.«

»Ich hab' keine Zeit für so etwas. Wie Sie ganz richtig bemerkten, bin ich mitten in einem Wahlkampf und muß mich um andere, wichtigere Dinge kümmern.«

Er hatte die Stimme eines Mannes, der es gewohnt zu sein schien, daß man seinen Anordnungen sofort gehorchte. Deshalb war er auch einigermaßen verblüfft, als ich sagte: »Ich denke, dieses Interview ist ganz besonders wichtig für Ihr erfolgreiches Abschneiden im Wahlkampf. Ich möchte nämlich mit Ihnen auch über einen Ihrer Wahlhelfer sprechen, Bodo Mikanuda.«

»Was für ein Wahlhelfer? Wie sagten Sie, war der Name? Mikanuda?«

»Ja, dieser ehemalige Chirurg, der sich dem Alkohol und Glücksspiel zugewandt hatte. Sie wissen doch, wen ich meine, oder?«

Ich hörte ein Scharren, als ob ein Stuhl zurückgeschoben wurde, dann das Öffnen einer Flasche und schließlich hastige Schluckgeräusche. Anschließend war Steinkopf wieder am Apparat.

»Ja, ich kenne ihn, das heißt, ich kannte ihn, denn er ist ja ums Leben gekommen, habe ich gehört. Gegen eine Straßenbahn gelaufen. Schrecklich.« Der Mann heuchelte wie ein Profi; war in seiner Freizeit wohl Pfarrer oder so was.

»Ja, ja, sparen Sie sich Ihre Beileidsbekundungen für Ihr eigenes Begräbnis auf. Ich hab' ein paar Fragen an Sie, Fragen, die ich Ihnen gerne persönlich stellen würde.«

»Ich weiß nicht so recht, mein Terminkalender ist ziemlich voll.«

»Die Gefängnisse sind das auch, mein lieber Steinkopf. Dennoch paßt einer ganz bestimmt noch hinein. Nun, was ist?«

»Gut, von mir aus. Kommen Sie in einer halben Stunde vorbei. Ich werde inzwischen die anderen Termine absagen lassen.«

Als ich den Hörer aufgelegt hatte, stand Huber hinter mir und grinste mir ins Gesicht.

»Und, hat das mit dem Termin funktioniert?« fragte er.

»Ja, in einer halben Stunde soll ich bei ihm sein.«

Huber nickte zufrieden. »Sehr schön. Bei mir hat es endlich auch geklappt.«

»Was denn?«

»Ein neuer Rekord! Ich bin Erster in der Highscoreliste. Einhundertvierundachtzigtausend Punkte. Ist das nicht fabelhaft?«

»Ja, das ist phantastisch Boß, gratuliere.« Er schüttelte mir die Hand wie einen Apfelbaum.

»Ich muß jetzt los, Boß«, sagte ich und entzog ihm meine Greifer. In diesem Augenblick ging die Tür des Redaktionsraumes auf, und Glitterfreddy schneite herein, braungebrannt wie ein Schwarzafrikaner.

»Wo zum Teufel kommst du denn her?« fragte ich. »Bist du im Solarium eingeschlafen?«

»Witzig wie immer, Laurenz.« Er stellte seine Fototasche ab, setzte sich auf einen Stuhl und steckte sich eine Zigarette in den Mund. »Ich komm' gerade von den Malediven«, sagte er.

»Ich wußte gar nicht, daß dein Urlaub schon fällig war«, sagte ich erstaunt.

»Nun, das war auch kein Urlaub. Jedenfalls nicht offiziell. Ich war auf den Malediven im Auftrag von ›Voll Dran!‹ Ich hab' eine Fotoreportage über die Muscheltaucher dort gemacht.«

»Ich wette, du hast dich mehr für die Muschis der Muscheltaucherfrauen interessiert als für den Rest.«

»Na ja, der Strand und die Drinks waren auch nicht übel. Und erst der Service.« Er schüttelte die Hände, als hätte er sich verbrannt, und rollte die Augen zur Decke.

»Und damit *du* diese dämliche Reportage über die Muscheltaucher der Malediven schreiben konntest, mußte *ich* mich also um diese geschlachteten Viecher kümmern, was?« Ich drehte mich zu Huber. Der stand da wie bestellt und nicht abgeholt.

»Wenn die Herren mich jetzt entschuldigen würden, ich habe noch eine ganze Menge zu tun.« Er eilte zur Tür hinaus und war verschwunden.

»Ich denke, du hast ein Interview mit diesem Steinkopf«, sagte Glitterfreddy. »Ich an deiner Stelle würde ihn nicht warten lassen.«

»Hast wieder mal an der Tür gelauscht, was?«

»Tja, ein guter Reporter hört eben alles.«

Ich hätte Glitzerfreddy am liebsten eine in seine gebräunte Fresse geknallt, aber meine Versicherung war nicht gerade die beste, also unterdrückte ich diesen Impuls und ging nach draußen. Dort erwartete mich gleich die nächste schlechte Nachricht.

»Sie werden wohl oder übel zu Fuß gehen müssen, Herr Breitmaier«, sagte Frau Eisenhut. »Der eine Fiesta ist in der Reparatur, und der andere steht wieder mal auf dem Parkplatz einer Abschleppfirma. Fräulein Sommer ist gerade unterwegs, um den Wagen auszulösen.«

Was soll's, dachte ich, bei dem Verkehr war in der Innenstadt um diese Zeit ohnehin kein Durchkommen. Ich hüllte mich eng in den dicken Parka, steckte mir eine Zigarette in den Mund und meine Hände in die Hosentaschen und trabte los.

Ich ging am Graben entlang Richtung Kohlmarkt und bog dann links zum Ring hin ab. In den Straßen befand sich das übliche Gemisch aus Rentnern, die die Wahrzeichen ihrer schönen Heimatstadt zum achthundertelften Mal bewunderten, Hausfrauen, die sich mit ihren grellbunten Einkaufstaschen abmühten, und Touristen, die planlos die Gegend abfotografierten. Manche hatten auch ihre Videokameras dabei, klein wie eine Packung Zigaretten, und bannten alles, was ihnen vor die Linse kam, auf Zelluloid. Ich fragte mich, weshalb sich solche Typen nicht einfach einen Videofilm über Wien kauften und ihn sich zu Hause, in Tokio, Mailand oder wo auch immer sie herkamen, anschauten.

Das schrille Gekreisch eines ungebändigten Kleinkindes fraß sich in meinen schmerzenden Schädel und rief Erinnerungen an die vergangene Nacht wach. Ich war gestern, am Sonntagabend, auf einem Konzert im *Bach* gewesen und hatte mir dort die *Cows* und die Frauen angeschaut. Unter anderen hatte ich auch Maria Ex-Ruby Raashami Pichelsteiner gesehen, die mit einem Hare-Krishna-Typen herumgeschmust hatte. Ich hatte zwar immer geglaubt, daß bei den Krishnas ein strenges Zölibat herrschte, hatte mich aber offensichtlich getäuscht, denn die beiden waren so intensiv in ihren Nahkampf verwickelt gewesen, daß ich schon hatte hingehen wollen, um ihnen einen meiner Gummis anzubieten. Aber das war mir dann doch ein wenig zu aufdringlich erschienen.

In einer der vielen kleinen Gassen, die ich auf dem Weg ins Rathaus entlangging, hatte sich ein selbsternannter Prediger mit wildem Haarschopf niedergelassen, der die spärlich vorbeitröpfelnden Passanten mit religiösen Lebensweisheiten versorgte. Er versprach jedem und jeder ewiges Seelenheil, wenn er oder sie sich noch heute nachmittag für den einzig richtigen Weg, nämlich für Jesus Christus, entschieden. Die rauhe Stimme des seltsam vermummten Greises hallte durch die eiskalte Stille und lockte nur ab und zu ein paar hämische Lacher aus verkniffenen Mündern hervor. Ein gammliger Filzhut wurde von einem jungen Mädchen, dem die Kälte trotz seines kahlrasierten Schädels nichts auszumachen schien und das anscheinend nicht viel mehr trug als eine dünne orangefarbene Tunika, herumgereicht. Der Hut enthielt nicht allzu viele Münzen und keine einzige Banknote, dafür aber eine stattliche Anzahl mehr oder weniger durchnäßter Zigarettenkippen. Als sich das orange gekleidete Mädchen umdrehte, stand ich, wie konnte es auch anders sein, Maria Ex-Ruby Raashami Pichelsteiner gegenüber, die offensichtlich wieder mal ihr Metier gewechselt hatte. Bevor ihr hübscher Mund sich öffnen und einen Schwall christlichen Blödsinns über mich ergießen konnte, hatte ich mich schon aus dem Staub gemacht. Selbst meine Abwehrkräfte waren beschränkt.

Ich überquerte den Dr.-Karl-Lueger-Ring und ging zum Rathaus hinüber. Die Stadtplaner hatten schon gewußt, wieso sie das Burgtheater und das Rathaus genau gegenüber gebaut hatten; auf diese Weise waren die beiden Hauptschauplätze des Spektakels immer vereint. Wem das Theater zu langweilig wurde, der blickte hinüber zum Rathaus, und umgekehrt.

Als der Portier, der mich zuerst ausführlich musterte und meinen Namen, meinen Beruf, mein Geburtsdatum, die Farbe meiner Socken und meine bevorzugten sexuellen Praktiken wissen wollte, mich endlich nach oben zu Steinkopfs Büro ließ, war es genau halb zehn; ich war auf die Sekunde pünktlich.

Steinkopfs ganz private Privatsekretärin, die so reserviert wirkte wie ein Zweipersonentisch in einem Fünfsternerestaurant um neun Uhr abends, fragte, ob ich einen Termin hätte. Ich nickte, sagte meinen Namen und wurde schließlich in Steinkopfs geheiligtes Refugium eingelassen.

Der Raum war so hoch, daß die Installateure, die die Deckenlampen angebracht hatten, mit Sicherheit Sauerstoffmasken getragen hatten. Der Boden war mit einem dunkelroten Teppich belegt, der so weich und tief war, daß er sogar das Trampeln einer ganzen Kompanie mühelos bis zu Unhörbarkeit gedämpft hätte. Ganz hinten, schon fast von einem leichten Dunstschleier verborgen, konnte ich Steinkopfs Schreibtisch ausmachen.

»Kommen Sie, Herr Breitmaier, ich habe nicht den ganzen Tag Zeit«, dröhnte die Stimme vom Raumende her. Ich marschierte Richtung Schreibtisch vor und staunte über die relativ leeren Wände.

»Sind Ihre Picassos in der Reinigung?« fragte ich, als ich Steinkopf endlich von Angesicht zu Angesicht gegenüberstand.

Er schenkte mir ein dünnes Lächeln, eines aus der Frau-Eisenhut-Kategorie, und deutete auf den Stuhl vor mir. Sein Doppelkinn umschloß hermetisch seinen hervorstehenden Adamsapfel. »Setzen Sie sich doch.«

Als ich mich zurücklehnte, spürte ich die harte Lehne im Rücken. Dieser unbequeme Stuhl stand einzig und allein mit der Absicht hier, allfällige Besucher so schnell wie möglich in die Flucht zu schlagen, wollten sie nicht Stammgäste bei einem Orthopäden werden.

»Also, was hat es mit diesen ominösen Andeutungen auf sich, Herr Breitmaier? Sie erwähnten einen gewissen Bodo Mikanuda und wollen vermutlich wissen, was ich mit ihm zu tun habe, beziehungsweise hatte, obwohl ich eigentlich nicht einsehe, weshalb ich Ihnen irgendetwas darüber erzählen sollte.« Seine manikürten Finger glitten kurz über einen teuer aussehenden Füllfederhalter, der sich anschließend genau im rechten Winkel zur Schreibtischkante befand.

»Nun«, sagte ich und machte es mir so bequem, wie es der Stuhl zuließ, »wenn Sie der Ansicht sind, daß mich das alles nichts angeht, werde ich meinen Artikel eben durch ein paar Spekulationen auffetten müssen, Sie verstehen. Drei Spalten müssen voll werden, womit, ist nebensächlich.«

»Gibt es denn eine Möglichkeit, diesen gewissen Artikel, sagen wir, durch einen anderen zu ersetzen? Ein Interview, ein paar harmlose Intimitäten?« Steinkopf hatte sich über den Schreibtisch gebeugt und sah mich mit seinen graugrünen Augen herausfordernd an. Auf der linken Schulterpartie seines strengen Zweireihers hielt eine kleine Schuppenkolonie gerade ihre Vorstandssitzung ab.

»Vielleicht. Das hängt ganz davon ab, was Sie mir über diesen Mikanuda, Ihre Tochter und die Rolle, die Sie bei dem Ganzen spielen, erzählen.«

»Damit Sie es dann brühwarm in Ihrem Schundblatt abdrucken! Halten Sie mich für vollkommen naiv?« Seine Stimmlage hatte in ein unschönes Tremolo gewechselt.

»Aber Herr Steinkopf«, sagte ich versöhnlich, »natürlich dringt kein Wort von dieser Unterhaltung an die Öffentlichkeit. Ich weiß doch, daß Sie mich sonst erledigen würden.« Ich bot ihm ein harmloses Lächeln dar.

Offenbar glaubte Steinkopf meiner Lüge, denn er sagte: »Ja, das würde ich mit Sicherheit.« Seine Stimme klang wie eine teure Rasierklinge; oft benutzt und immer noch scharf.

Plötzlich klingelte das Telefon. Steinkopf verzog das Gesicht zu einer Grimasse und hob den Hörer ab.

»Ja? Mein Gott Mathilde, wie oft soll ich dir noch sagen, daß du mich nicht im Büro anrufen und bei der Arbeit stören sollst? .... Nein, ich treibe mich am Abend nicht in den einschlägigen Lokalen herum.

Wenn ich um sieben nicht zu Hause bin, arbeite ich eben länger. Wie du vielleicht weißt, steht der Wahlkampf vor der Tür. Ja! Ja, doch! Bis heute abend.« Er wischte sich mit einem Taschentuch über die Stirn und legte auf.

»Meine Frau. Entschuldigen Sie bitte.«

Ich nickte. »Kann ich jetzt die Fragen stellen?«

»Ich bitte darum.«

»Okay. Woher kannten Sie diesen Bodo Mikanuda?«

»Er war ein Studienkollege meiner Tochter. Kam manchmal zu uns nach Hause auf Besuch. Er war ein netter Junge.«

»Gehen Sie zu seinem Begräbnis?«

»Äh, nein, ich habe leider keine Zeit.«

»Ist es nicht eher so, daß Sie es um jeden Preis vermeiden wollen, daß irgend jemand, zum Beispiel ein neugieriger Reporter, eine Verbindung zwischen Ihnen und Mikanuda herstellt?«

Steinkopf wurde blaß. »Wieso denn? Ich sagte ja bereits, daß er ein Kollege meiner Tochter war.«

»Ja, als er noch studierte. Aber seit seinem sozialen Abstieg zum Alkoholiker und krankhaften Spieler war er wohl kaum noch der geeignete Umgang für Sie oder Ihre Tochter, nicht wahr?«

»Herrgott!« platzte er heraus. »Ich habe schließlich eine verantwortungsvolle Position! Da kann ich mir solche Bekanntschaften nicht leisten.«

»Das sagen Sie!«

»Was meinen Sie denn damit? Drücken Sie sich gefälligst deutlich aus!« Er öffnete seinen Krawattenknoten um einen Zentimeter.

»Nun, was ich damit sagen will ist, daß Sie die

ganze Zeit über Kontakt mit Mikanuda gehabt haben.«

»Das ist eine Lüge!« schrie er und preßte lungenflügelweise Luft aus seinem Brustkorb.

Ich lächelte und holte mein Notizbuch aus der Tasche.

»Kennen Sie diese Telefonnummer: 424683?« Ich hielt ihm das Buch unter die Nase.

»Nein, nie gesehen.«

»Sie haben doch privat sicherlich eine Geheimnummer, oder?«

»Natürlich. Sonst könnte ich mir jeden Abend den Blödsinn dieser ganzen Schwachköpfe anhören. Was soll denn diese Frage?«

»Soviel ich weiß, haben Sie noch ein zweites Telefon, separat angemeldet, mit eigener Nummer.«

»Ich weiß zwar nicht, wie Sie das herausgefunden haben, aber Sie haben recht. Ich habe noch ein Handy. Natürlich ist diese Nummer ebenfalls geheim.«

»Würden Sie mir einen Gefallen tun?«

»Kommt darauf an, was für einen«, sagte Steinkopf und schaute mich lauernd an.

»Bitten Sie Ihre Sekretärin, Ihnen Ihr Handy zu bringen, und lassen Sie mich draußen schnell telefonieren.«

»Ich weiß zwar nicht, was Sie mit diesem Kasperletheater bezwecken, aber von mir aus.« Er drückte auf einen Knopf seiner Gegensprechanlage und ließ sich von seiner ganz privaten Privatsekretärin sein Handy bringen. Ich ging inzwischen hinaus und tippte ein paar Ziffern ins Telefon der Sekretärin. Zwei Sekunden später klingelte Steinkopfs Handy.

Ich trabte zurück in Steinkopfs Büro und setzte mich wieder auf den unbequemen Stuhl. Steinkopf fuhr sich über seine schweißnasse Stirn und stammelte:

»Das kann doch nicht sein! Woher haben Sie denn meine geheime Nummer?«

Ich sagte: »Bodo Mikanuda, den Sie angeblich seit Jahren nicht mehr gesehen haben, hatte sie in seinem Jahrbuch notiert, meiner bescheidenen Meinung nach eine großzügige Spende von Ihnen, gleich neben dem Foto Ihrer Tochter.« Ich zeigte ihm wieder den Notizblock.

»Aber das ist ja eine ganz andere Nummer!« rief er.

»Das stimmt«, sagte ich. »Aber Mikanuda hatte über die letzte Ziffer einen kleinen Haken gemalt. Zuerst dachte ich, er wäre beim Schreiben ausgerutscht, aber dann wußte ich plötzlich, was der Haken bedeutete.«

Steinkopf sah mich gespannt an. Seine Sekretärin stand immer noch neben dem Schreibtisch.

»Sie können wieder gehen, Frau Sonderhoff. Und machen Sie die Tür hinter sich zu.« Die Sekretärin glitt mit elegantem Hüftschwung zur Tür und schloß diese so sanft wie die Augen eines Kleinkindes. Steinkopf wandte er sich wieder an mich. »Also, was hat es mit diesem Haken auf sich?«

»Ganz einfach: Dieser Haken, oder Pfeil, bedeutet, daß jede Ziffer um eins erhöht werden muß. Auf diese Weise, mit der allgemeinen Vorwahl für Handies 0663 kombiniert, wird aus 424683 die Geheimnummer Ihres Handys, 535794.«

Steinkopf wurde so weiß wie der Inhalt einer Dose Hüttenkäse, ein Prozent Fett.

»Aber das ist doch unmöglich«, flüsterte er und

schüttelte leicht sein ergrautes Haupt. Sein Doppelkinn klatschte mit einem obszönen Geräusch gegen seinen Kehlkopf.

»Doch, das ist möglich. Sehen Sie, wenn Mikanuda wegen dieses Zigarrenstummels nicht derart in Panik geraten wäre, daß er bei mir zu Hause auftauchte, um die Fotos und Negative zu klauen, wäre ich gar nie auf Ihre Spur gekommen. Denn das Bild allein ist noch kein Beweisstück. Das könnte man irgendwann, viel früher oder viel später, aufgenommen haben. Der einzige Beweis, daß Mikanuda wirklich in dieser Wohnung gewesen ist, der Stummel nämlich, ist auf wundersame Weise aus der Asservatenkammer verschwunden. Haben Sie dafür eine Erklärung?«

Steinkopf grinste ein wenig und sagte, er habe nicht die geringste Ahnung.

»Was glauben Sie denn, Herr Breitmaier?«

»Ich denke, ein gewisser Jemand hat bei der Polizei angerufen, jemand, der, sagen wir mal, genug Einfluß und auch genug Geld hat, um die Pensionskasse der Polizei ziemlich kräftig aufzufetten. Er hat einen freundlichen, kooperationsbereiten Raucher gebeten, den verdächtigen Zigarrenstummel verschwinden zu lassen, und dann dafür gesorgt, daß ein Frischling im Fotolabor die Bilder versaute. Gleichzeitig schickte er seinen Killer los, um die restlichen Fotos, die des Reporters, zu besorgen und ebenfalls verschwinden zu lassen. Nur daß Mikanuda nicht die allererste Wahl war, wenn es um knifflige Aufgaben ging, ich meine, das Gehirn von dem Typen hätte man in die linke Gehirnkammer einer Ameise zwängen können.« Ich holte eine Zigarette aus der Packung, steckte sie in den Mund und zündete sie an.

Steinkopf begann sich sichtlich unwohl zu fühlen, und er fand nur mit Mühe seine ach so autoritäre und ehrfurchtsgebietende Stimme wieder. »Sie können mir gar nichts beweisen, Breitmaier! Der Zigarrenstummel ist verschwunden, die Fotos sind, selbst wenn Sie Abzüge davon haben, wie Sie vorhin gesagt haben, kein Beweismittel, und daß Mikanuda meine Privatnummer hatte, daraus müssen Sie mir erst mal einen Strick drehen!« Er war rot geworden und riß nun mit einer ungestümen Handbewegung seine Krawatte auf. »Ich will Ihnen mal was sagen: Ich war früher nur ein einfacher Bäckereibesitzer. Ich habe eine Lehre gemacht wie tausend andere, dann die Meisterprüfung absolviert, anschließend jahrelang hart gearbeitet und gespart und mir schließlich mein eigenes Geschäft gekauft. Und so nebenbei bin ich auch ganz langsam in die Politik gekommen. Es war ein harter Weg mit unzähligen kleineren und größeren Intrigen und Hindernissen, das können Sie mir glauben, und ich laß mir jetzt nicht alles, was ich erreicht habe, wieder wegnehmen! Von niemandem! Schon gar nicht von einem kleinen, hergelaufenen Schmierfinken!«

Steinkopf sprang auf, rannte zum Fenster und öffnete es mit einem Ruck. Straßenlärm drang ins Zimmer, vermischt mit kalter Luft. Plötzlich drehte sich Steinkopf um und fragte mit lauernden Augen: »Weshalb hätte ich denn diesen Stefan Dingsbums umbringen lassen sollen? Können Sie mir das sagen?«

»Sie kannten ihn also?«

»Verdrehen Sie mir nicht das Wort im Mund! Ich habe seinen Namen in der Zeitung gelesen. Vorher habe ich von dem Mann noch nie etwas gehört oder gesehen!«

»Nun«, sagte ich und beugte mich vor, um meine Zigarette in dem massivsilbernen Aschenbecher auszudrücken, »ich denke, das Motiv ist Ihre Tochter.«

»Meine Tochter?« brauste Steinkopf auf. »Lassen Sie gefälligst meine Tochter aus dem Spiel! Sie hat nichts damit zu tun!«

»Das glaube ich schon. Sehen Sie, Ihre Tochter hat, wie allgemein bekannt ist, ein schweres Herzleiden. Wenn die Informationen der Regenbogenpresse stimmen, stirbt sie, wenn sie nicht bald ein Spenderherz bekommt. Nun sind aber solche Spenderherzen nicht an jeder Straßenecke zu kaufen. Also beschafften Sie sich das Herz eines unfreiwilligen Spenders, sozusagen. Sie beauftragten Bodo Mikanuda, den Sie noch aus der Zeit seines Studiums kannten und der inzwischen in schweren Geldsorgen steckte, da er seinen Job verloren hatte, sich ein Opfer auszusuchen, das möglichst jung und gesund war. Dann ging Mikanuda einfach zu Stefan Andergasts Wohnung, betäubte ihn mit einem Elektroschocker, tötete ihn, schnitt ihn auf, was ja für einen ehemaligen Chirurgen kein Problem darstellte, entfernte das Herz, verstaute es in einem Transportbehälter, den Sie ihm wahrscheinlich aus irgendeinem Krankenhaus beschafft hatten, und ließ dann das Ganze so aussehen wie einen dieser rituellen Tiermorde.«

»Das ist ja das unglaublichste Märchen, das ich je gehört habe! Sie sollten Science-fiction-Romane schreiben, mein Lieber! Selbst einmal angenommen, Ihre haarsträubende Theorie würde den Tatsachen entsprechen, in welchem Krankenhaus würde man denn ein Spenderherz einpflanzen, dessen Herkunft unbekannt oder zweifelhaft ist?«

»Im ehemaligen Ostblock. Dort gibt es sicherlich genug Kliniken, die für den entsprechenden Betrag sogar siamesische Zwillinge herstellen würden, wenn man das von ihnen verlangte.«

Steinkopf warf einen kurzen Blick aus dem Fenster und schloß es wieder. »Das ist doch absurd! Weshalb hätte ich mir das Herz nicht gleich dort unten besorgen sollen und hätte dieses Risiko auf mich nehmen sollen, es hier in Wien zu organisieren?«

»Das, mein lieber Steinkopf, ist die einzige Frage, die ich mir auch andauernd stelle, ohne allerdings auf eine Antwort zu kommen.« Ich streckte meine Beine aus und massierte mir mit der linken Hand ein wenig den Rücken.

Steinkopf sagte: »Ich muß mir diesen Blödsinn nicht mehr länger anhören!«

»Wußten Sie eigentlich, daß dieser Stefan schwul war?« warf ich dazwischen.

Steinkopf wurde noch eine Spur blasser und stammelte: »Schwul? Was meinen Sie damit? Ich meine, was hat das mit dieser ganzen Fantasiegeschichte zu tun, die Sie mir erzählt haben?«

»Ich weiß nicht, vermutlich gar nichts. Deshalb wundert es mich, daß Sie diese Tatsache so aufregt. Sie als konservativer Politiker fühlen sich offensichtlich nicht wohl bei dem Gedanken, daß Ihre einzige Tochter in Zukunft das Herz eines ehemaligen Homosexuellen in sich trägt.« Ich beugte mich vor und nahm Steinkopfs Nasenspitze ins Visier.

»Ich sage es Ihnen zum letzten Mal, lassen Sie endlich meine Tochter aus dem Spiel! Sie ist schwer krank und liegt seit drei Monaten in einer geschlossenen Abteilung im AKH! Rufen Sie dort an, verdammt noch mal, wenn Sie mir nicht glauben! Und jetzt verschwinden Sie!«

Ich erhob mich langsam und lässig und grinste ein bißchen vor mich hin, in dem krampfhaften Versuch, mir einen halbwegs guten Abgang zu verschaffen, da sich meine schöne Theorie offensichtlich in Luft aufgelöst hatte. Ich packte mein Notizbuch und meine Zigaretten ein und schlenderte nach draußen. Als ich die Tür hinter mir zumachte, steckte ich meinen Kopf in den Spalt und sagte: »Wie geht es eigentlich Ihren drei ehemaligen Sekretärinnen?« Als ich draußen im Vorzimmer war, hörte ich einen dumpfen Aufprall; vermutlich der schwere Aschenbecher, der von der massiven Tür abgeprallt war. Steinkopf hatte anscheinend keine Nerven.

Ich stellte das Whiskeyglas ab und fuhr mir mit dem Handrücken über den Mund. Das hatte gutgetan. Ein doppelter Whiskey auf fast nüchternen Magen war genau das, was ich jetzt gebraucht hatte. Ich war quer durch den ersten Bezirk gegangen und hatte auch die Straße, in der der Prediger und Maria Ex-Ruby Raashami Pichelsteiner ihren Seelenfang betrieben hatten, aufgesucht, ohne von den beiden allerdings etwas zu sehen. Statt dessen stand dort ein zitternder alter Knacker in einem schwarzen Regenmantel, den er alle paar Sekunden mit einem verlegenen Grinsen auseinanderriß.

»Sie werden sich eine Erkältung holen«, sagte ich und warf einen kurzen Blick auf sein Ausstellungsstück. Es war keinen zweiten Blick wert.

Als ich dann auf halbem Weg zur Redaktion diese Kneipe, die Bezeichnung *Bar* war wohl angemessener, erblickte, dachte ich mir, ein kleiner Antifrustrationsschluck könnte nicht schaden. Immerhin hatte ich mich ganz schön verrannt. Natürlich hatte ich als erstes, direkt aus einer Telefonzelle vor dem Rathaus, das AKH angerufen, ein bißchen geschmeichelt und gedroht und dann endlich die gewünschte Information bekommen. Es war genau so, wie Steinkopf gesagt hatte: Seine Tochter lag seit über drei Monaten in der geschlossenen Abteilung, und ihr Zustand war äußerst kritisch. Ich erhandelte mir diese Information gegen ein Portrait des diensthabenden Arztes, der sich schon lange in unserer beliebten Rubrik ÄRZTE, GANZ PRIVAT! hatte sehen wollen. Es war zwar etwas verwunderlich, daß die Tochter eines einflußreichen Politikers nicht in einer Privatklinik untergebracht war, aber das lief wohl unter der in letzter Zeit so oft von Politikermund, sprachfehlerstrotzend wie immer, zitierten *Volksnähe.*

Tja, das war's dann. Meine Theorie hatte sich als in der Luft schwebendes Etwas erwiesen, das niemals Kontakt zum Boden bekommen würde. Ich war mir hundertprozentig sicher, daß dieser Mikanuda Stefan im Auftrag von Steinkopf umgebracht hatte, obwohl ich natürlich nichts davon beweisen konnte. Außerdem fehlte das Motiv. Mein Gott, und dabei hätte doch alles so gut zusammengepaßt: der arbeitslose Chirurg, der einflußreiche Politiker, die herzkranke Tochter – das war der Stoff, aus dem die Boulevardreportagen bestanden! Und jetzt? Nichts! Niente! Nada! Ich konnte mich wieder mit diesen dämlichen Hundemorden herumschlagen.

Ich winkte den Kellner heran, um zu bezahlen. Er hatte einen Dreitagesbart im Gesicht, der so ausschaute, als hätte er drei Monate gebraucht, um soweit zu sein; ein paar spärliche, blasse Fusseln, die der ersten Berührung mit einem Handtuch kampflos zum Opfer fallen würden. Sein schmächtiger Oberkörper war in ein enges rotes Hemd gezwängt, eines von der Sorte, die einem in gewissen Lokalen gewisse Blicke einbrachten. Als er mir die Zahl nannte, sagte ich: »Ich will nur das eine Glas bezahlen, nicht die ganze Flasche.«

Der Kellner lächelte mich verächtlich an und sagte: »Ich hab' schon bessere Witze gehört. Wenn ich's mir genau überlege, war sogar ziemlich jeder Witz, den ich bisher gehört habe, besser.« Er starrte mir in die Augen und wiederholte die Zahl.

Ich seufzte, holte zwei Hunderter aus der Tasche, warf sie auf den Tisch und hoffte, daß der nächste Wirbelsturm den Kellner direkt ins Zentrum der Hölle befördern würde.

NEUNTES KAPITEL

Als ich zurück in die Redaktion kam, war es fünf vor halb zwölf. Frau Eisenhut hatte sich bereits für ihre Mittagspause fertig gemacht (sie sortierte aus einem riesigen Heftestapel, den sie unter ihrem Empfangspult versteckt hatte, diejenigen heraus, die ihr beim Mittagessen ein wenig Ablenkung verschaffen sollten) und verschwand nach einem kurzen Kopfnicken Richtung Cafeteria. Auch sonst war es ziemlich ruhig im Haus. Zumindest eins komma vier Sekunden lang, dann nämlich wurde irgendwo hinter mir eine Tür aufgerissen, und als ich mich umdrehte, starrte mir das goldverzierte Antlitz von Glitterfreddy entgegen.

»Weißt du schon das Neueste, Laurenz?« fragte er.

Ich wußte es natürlich nicht, wie immer, und schüttelte den Kopf.

»Dacht' ich mir schon. Die Bullen haben den Tiermörder geschnappt, auf frischer Tat ertappt. Er wollte gerade ein neun Wochen altes Dackelbaby aufschlitzen, als die Bullen anrückten und ihm ans Leder gingen.«

»Was geht mich das an, ich meine, jetzt, wo die ganze Geschichte erledigt ist? Ich dachte, ich sei nur deine Vertretung gewesen, solange du auf den Malediven deine Fleischbeschau abgehalten hast.« Ich ging um Frau Eisenhuts Empfangspult herum und setzte mich auf den herrlich bequemen Sessel.

»Das geht dich sogar sehr viel an. Erstens ist der Boß begeistert von deinen bisherigen Artikeln und Fotos in der Geschichte, und zweitens kennst du den Mörder, zumindest dem Namen nach.«

Ich verstand kein Wort. Okay, vielleicht hatte Mikanuda wirklich auch diese Viecher umgebracht, aber Mikanuda war tot, und außerdem, wie zur Hölle hatte der Weihnachtsbaum das schon wieder erfahren.

»Eugen von Heißenbüttel«, sagte Glitterfreddy. »Na, klingelt es jetzt bei dir? Der enterbte Sohn dieser alten Schreckschraube, die du letzte Woche so gründlich auseinandergenommen hast. Hat mittlerweile ein vollständiges Geständnis abgelegt. Als er erfahren hat, daß ihn seine Mutter enterbt hatte, drehte er durch und fing an, alle Hunde in der näheren Umgebung des Hauses seiner Mutter zu zerfleischen.«

»Und was ist mit diesem Stefan Andergast? Hat er den auch aufgeschlitzt?« Ich spielte ein bißchen mit der Höhenverstellung des Sessels herum. Mein linkes Auge hielt wachsam nach Frau Eisenhut Ausschau.

»Nein. Er sagt, damit habe er nichts zu tun. Außerdem scheint er ein Alibi für die Tatzeit zu haben. Aber du kennst ja das pikanteste Detail der Geschichte noch gar nicht, mein lieber Laurenz«, sagte Glitterfreddy und schüttelte in echter oder gespielter Belustigung den Kopf, daß mich ein goldener Blendstrahl um Haaresbreite verfehlte. »Diese von Heißenbüttel hat in ihrem Testament alles ihrem Hund vererbt und in weiterer Folge dem Tierheim.«

»Wieviel beträgt denn die Erbmasse?«

»Mit den ganzen Liegenschaften, dem Ferienhäuschen und dem ganzen Kunstkram schlappe fünfundvierzig Mille.«

»Das ist allerdings ein Grund, Amok zu laufen«, gab ich zu. »Wenn ich daran denke, daß diese Hundsviecher Lachs fressen, in Marmorbadewannen ihr dreckiges Fell wälzen und jede zweite Woche zum

Friseur gehen, hab' ich richtig Mitleid mit dem jungen von Heißenbüttel.«

»Das kannst du ihm gleich heute überbringen, dein Mitleid. Du wirst ihn nämlich um vier interviewen. Huber hat wieder mal seine Beziehungen spielen lassen und hat dir und diesem von Heißenbüttel eine ruhige Zelle reserviert. Ach, bevor ich's noch vergesse, ein gewisser Wachtelgruber hat dreimal angerufen, du sollst dich bei ihm melden.«

Ich bedankte mich beim Weihnachtsbaum, zog das Telefon herüber und rief diesen Wachtelgruber an.

»Ich hab' zwei Neuigkeiten für Sie, Herr Breitmaier. Zum einen haben unsere Techniker endlich herausgefunden, um was es sich bei dieser Salzwasserlacke handelt, und zum zweiten haben unsere Beamten die fehlenden Organe gefunden.«

»Was?«

Wachtelgruber lachte. »Ja, kaum zu glauben, nicht wahr, aber die Polizei ist eben ein gut geschulter, perfekt ausgebildeter Apparat, sowohl technisch als auch moralisch eins a.«

»Ja, ja, sparen Sie sich Ihre Vorträge, ich hab' heute Nachmittag noch ein Interview.«

»Ich weiß, in meinem Revier. Nun gut, kommen wir zu den Fakten: Bei diesem ominösen Salzwasser handelt es sich um nichts anderes als ein ganz normales Meeressalzbad.«

»Wollen Sie mich verarschen?« unterbrach ich ihn.

Wachtelgruber fuhr ungerührt fort. »Soll angeblich gut für die Haut sein, sagt jedenfalls meine Frau. Dieser Stefan Andergast hat vor seinem Tod noch gebadet.«

»Und um das herauszufinden, brauchen Sie fast eine ganze Woche?«

»Wir haben schließlich unsere Ermittlungen nicht nur auf diese eine Spur beschränkt, mein lieber Herr Breitmaier, außerdem sind wir chronisch unterbesetzt.«

»Was ist denn jetzt mit diesen Kutteln?«

»Unsere Beamten haben einen alten Mann am Donaukanal festgenommen, der ein Stück eines menschlichen Herzens als Angelköder verwendet hatte.«

»Ihre Beamten sind also auch noch exakte Kenner der menschlichen Organe?«

»Natürlich«, sagte Wachtelgruber selbstzufrieden. »Also, sie haben diesen Mann verhaftet, und der erzählte ihnen dann, daß er die Eingeweide gefunden hätte, und zwar in einer Mülltonne in der Stumpergasse.«

»Und dieses Märchen glauben Sie?«

»Wir haben diese Mülltonne natürlich sofort sichergestellt und untersucht, und es fanden sich tatsächlich Blutspuren darin, die mit dem Blut des Opfers identisch waren.«

»Und sonst, irgendwelche Fingerabdrücke oder so was?«

»Fehlanzeige. Außer Ihren Abdrücken haben wir nur undeutliche Spuren gefunden, vermutlich von Chirurgenhandschuhen, und natürlich jede Menge unnützen Kram von irgendwelchen Freunden dieses Andergast.«

»Und was ist mit dem alten Mann?«

»Was soll mit ihm sein?«

»Hat er wenigstens einen Fisch gefangen?«

»Nein, ist viel zu kalt.«

Ich legte auf, zündete mir eine Kippe an und wunderte mich. Dieser verdammte irre Mikanuda schnitt einfach so ein paar Kutteln aus einer Leiche heraus, warf diese dann in die nächste Mülltonne, und ich spann mir eine absolut hirnrissige Idee zusammen; der Teufel sollte ihn holen! Okay, das war ein bißchen taktlos, immerhin könnte er ja schon dort sein.

Ich schaute auf die Uhr; noch mehr als drei Stunden Zeit bis zu diesem von Heißenbüttel. Ich beschloß, nochmals in die Wohnung von Stefan zu gehen. Irgendein Motiv mußte dieser Steinkopf doch gehabt haben, und ich konnte mir schon denken, in welche Richtung das Ganze lief. Der Anruf seiner Frau im Büro war mir ziemlich aufschlußreich vorgekommen.

Ich parkte den Fiesta vor dem Haus, schloß ab, ging hoch in den zweiten Stock und sperrte mit dem Zweitschlüssel, den ich damals aus der Wohnung hatte mitgehen lassen, auf. Alles sah noch genauso aus wie letzte Woche, bis auf die Leiche und das Blut, das inzwischen beseitigt worden und nur noch als schwacher dunkler Fleck auf dem Boden zu erkennen war. Die Stille klebte in den engen Räumen wie eine zerquetschte Fliege an der Wand.

Ich zog den Reißverschluß meines von Stefan geerbten Parkas runter und sah mich in der Wohnung um. Ich hatte keine genaue Vorstellung, was ich eigentlich suchte, nur so ein vages Gefühl, daß es sich um ein Foto, einen Brief oder etwas Ähnliches handeln mußte, um irgendeinen Hinweis auf eine Verbindung zwischen Stefan und Steinkopf; daß eine Verbindung zumindest existiert hatte, da war ich mir hundertprozentig sicher.

Ich machte mir erst mal eine Tasse Kaffee, zündete mir dann eine Zigarette an und fing mehr oder weniger planlos an, die Räume zu durchsuchen; zuerst das Wohn/Schlafzimmer, dann die Küche, zuletzt das Badezimmer mit dem integrierten Klo. Ich fand ein paar Telefonnummern, irgendwo auf Buchdeckel geschmiert, aber keine kam mir bekannt vor. In einem Stapel Schwulencomics von Ralf König entdeckte ich ein altes, leicht zerknittertes Foto, das offensichtlich zwei nackte Männer darstellte. Das Bild schien von einer Kamera auf einem Stativ mit Selbstauslöser aufgenommen worden zu sein, was wahrscheinlich auch der Grund war, weshalb ich nicht allzuviel erkennen konnte. Der jüngere, blonde Mann konnte durchaus als Stefan durchgehen, vom anderen, offenbar älteren, waren nur der Bauch, der Unterkörper und die Beine bis zu den Knöcheln zu sehen. Ich schaute mir auch die Rückseite des Fotos an; nichts.

Als ich die Badezimmerkästen aufmachte, fielen mir als erstes die Spraydosen auf, die fast den gesamten Platz in Anspruch nahmen. Haarspray, Deos, Schaumfestiger und so weiter in endlosen Schlangen, mindestens dreißig Stück. Ich räumte alle Dosen aus, stellte sie auf den Boden und nahm dann alle Deckel ab. Ungefähr bei der vierzehnten Dose wurde ich fündig: ein Brief, eng zusammengefaltet, zu einem Ring gerollt und mit rotem Klebeband in die Innenseite des Deckels gepickt. Kein Wunder, daß die Bullen den nicht gefunden hatten; falls sie die Wohnung überhaupt so genau durchsucht hatten.

Ich zog das Klebeband vorsichtig vom Brief runter, faltete das zerknitterte Blatt Papier auseinander und überflog die Zeilen. Schien sich um einen Liebesbrief eines älteren Herren zu handeln, dem oftmaligen Vorkommen der Phrase *mein geliebter, süßer Junge* nach zu urteilen. Unterschrieben war das Ganze mit den Buchstaben E. S.

Steinkopf! war natürlich mein erster Gedanke, aber ich war mir nicht sicher, was dessen Vornamen anbelangte, also rief ich in der Redaktion an, bekam unglücklicherweise den Weihnachtsbaum an die Strippe, konnte mir zuerst sein Gequengel über den Boß anhören, der anscheinend sauer auf mich war, weil die Sache mit dem Steinkopfinterview nicht geklappt hatte, und erfuhr schließlich den Vornamen; Hans-Albert. Ich wollte gerade enttäuscht auflegen, als mir Glitterfreddy mitteilte, daß Steinkopf noch über einen zweiten, beziehungsweise dritten, Vornamen verfügte, nämlich Erwin.

Bingo, das war's! Ich legte auf, zündete mir eine neue Zigarette an und grinste vor mich hin. Unser allseits geliebter, erzkonservativer Politiker Steinkopf auf homosexuellen Abwegen. Eine erste Ahnung hatte ich schon in seinem Büro gehabt, als er plötzlich so blaß geworden war, als ich die Homosexualität von Stefan erwähnt hatte; dazu war dann noch dieser Anruf von seiner Frau gekommen, sich nicht in dubiosen Bars herumzutreiben. Ich hatte natürlich angenommen, sie würde von ganz normalen Puffs sprechen, aber offensichtlich waren ihr die Neigungen ihres Mannes nicht so fremd, und sie hatte wohl Angst vor einem Skandal, so kurz vor dem Wahlkampf. Auch Steinkopf hatte anscheinend die Nerven verloren, sonst hätte er nicht diesen Irren als Mörder auserkoren. Es konnte ja sogar sein, daß die Frau mit drinsteckte in dieser scheußlichen Geschichte, nur – beweisen konnte ich nichts, absolut gar nichts. Ich war nur ein kleiner Boulevard-Schmierer und hatte ein paar Theorien und einen Brief, das war alles. Mikanuda, der einzige, der Steinkopf hätte belasten können, war tot, ebenso wie Stefan.

Mir fiel plötzlich wieder mein Credo aus meiner Waisenhauszeit ein: Scheiß auf die Regeln, du hast sie nicht gemacht, aber laß dich nicht erwischen! Diesen Leitspruch hatten sich offensichtlich auch ein paar andere Leute zu eigen gemacht; und dieser Fall war ein Beweis mehr dafür, daß er in der Regel funktionierte.

Ich steckte den Brief in die Tasche, schloß die Wohnungstür hinter mir ab und ging runter zum Wagen. Als ich auf die Straße trat, spürte ich ein paar vereinzelte Schneeflocken auf der Haut. Ich fuhr mir mit der Hand über das Gesicht; die Bartstoppeln knisterten elektrisch in der eisigen Stille. Bis zu meinem Interviewtermin hatte ich immer noch mehr als eineinhalb Stunden Zeit, also ging ich zu Fuß Richtung Westbahnhof, um mich im *Café Westend* bei einem Bier oder zwei zu entspannen.

Als ich am U-Bahn-Zugang vorbeiging, hallte mir die Stimme des Zeitungsverkäufers im Ohr, Extrablatt, Extrablatt! Ich drehte mich um und sah, daß er ein paar Ausgaben von »Voll Dran!« durch die Luft schwenkte. Ich gab ihm einen Fünfer, nahm dafür eine Zeitung und las den Leitartikel, der unter das riesige, unscharfe Glitterfreddyfoto gequetscht war. Die drei Zentimeter hohe Überschrift verkündete, daß die einzige Tochter eines bekannten Politikers vor einer Stunde gestorben war. TOCHTER VON STEINKOPF TOT! hieß es da im sehr unverblümten Huber-Stil.

Ich wollte die Zeitung eben zusammenknüllen, als mir ein kleinerer, ebenfalls mit unscharfem Bild gekrönter Artikel ins Auge fiel, der besagte, daß der

Autoschieber und Polizistenmörder (schon wieder diese falsche Formulierung!) Manfred Sobietzky aus dem Krankenhaustrakt des Gefängnisses geflohen war. Ich konnte mir schon vorstellen, wen er als erstes aufsuchen würde; so viele Freunde hatte Rübe wahrscheinlich nicht, um allzu wählerisch zu sein.

Ich faltete die Zeitung zusammen und warf sie in einen Müllkübel. Dann zog ich den Brief aus der Tasche und zerriß ihn in kleine Fetzen, die sich zur Zeitung gesellten.

Als ich im *Westend* saß, bestellte ich mir erst mal einen doppelten Whiskey und dachte an die Dinge, die da auf mich zukommen würden.

Jürgen Benvenuti
HARTER STOFF
160 Seiten, Hardcover, ISBN 3-216-30131-1
öS 198,–, DM 29,80, sfr 29,80

Die Großstadt in Benvenutis Krimi: eine kalte Stadt der Schläger, der Dealer, des Rotlichtmilieus und der zwielichtigen Sozialarbeiter; eine Stadt des schlechten Essens, eine Stadt der verkommenen Wohnungen, der Hotelzimmer mit den allzu weichen Betten und einer U-Bahnstation als dem letzten Forum, „an dem Menschen noch zusammenkommen".

Jerry, Benvenutis Held, der in diesem Krimi leibt und lebt, ist ein Ex-Junkie, der halb noch in der Drogenszene steckt. Jerry hat seine „connections", und plötzlich kann er sie gut gebrauchen: Zehntausend die Woche, wenn er die Geliebte eines Bekannten, die auch einmal Jerrys Geliebte war, im Sündenbabel der Großstadt wiederfindet!

Deuticke

Coverdesign: Robert Hollinger unter Verwendung eines Fotos von Günter Menzl
Autorenfoto: Christine Ruiz-Machado
Druck: Wiener Verlag, Himberg bei Wien
Printed in Austria
ISBN 3-216-30149-4